A PUTA E O FURÃO

Martha
Luisa
Hernández
Cadenas

Martha
Luisa
Hernández
Cadenas

Tradução
Maria Elena Morán

Copyright © Martha Luisa Hernández Cadenas, 2023
Licenciado por Agência Literária Carmen Balcells S.A.
Barcelona, Espanha

Editores
María Elena Morán
Flávio Ilha
Jeferson Tenório
João Nunes Junior

Capa: Maria Williane
Projeto e editoração eletrônica: Studio I

Dados Internacionais de Catalogação na Publicação (CIP) de acordo com ISBD

C122p Cadenas, Martha Luisa Hernández
   A puta e o furão / Martha Luisa Hernández Cadenas. - Tradução de Maria Elena Morán. Porto Alegre : Diadorim Editora, 2024.
   168 p. ; 14cm x 21cm.
   ISBN: 978.65.85136.20.4
   1. Literatura cubana. 2. Romance. I. Título.

2024-3353
CDD 860.7
CDU 821.134.3(81)-34

Elaborado por Vagner Rodolfo da Silva - CRB-8/9410
Índice para catálogo sistemático:
1. Literatura brasileira : Romance 869.89923
2. Literatura brasileira : Romance 821.134.3(81)-31

Todos os direitos desta edição reservados à

Diadorim Editora
Rua Antônio Sereno Moretto, 55/1201 B
90870-012 - Porto Alegre - RS

[…] el alma de la niña parece un botón de rosa amortajado en un crespón, un ramo de violetas agonizante entre la nieve, un disco de estrella sumergido en un lago turbio.

JULIÁN DEL CASAL, *Juana Borrero*

Me estoy olvidando de la sensación del alcohol en mi cuerpo, de la sensación de una pinga en mi cuerpo, de la sensación de sentir el amor en mi cuerpo. Sí, me estoy olvidando de todo.

ROGELIO ORIZONDO, *Girls*

Para Rogelio.
Para Celia.
Para Joanna.

Querida Mary,

Sempre pensei que você seria minha amiga após a hecatombe, mas nada saiu como esperávamos. Olha para mim agora, esbanjo dinheiro e sobrevivo, caminho longas distâncias e erro o sentido no metrô. A vida comum é definida pelos centavos, a alimentação, os corpos. No estado de normalidade permanente, quase nunca escrevo ou escrevo muito pouco, por isso a escrita se tornou mais uma necessidade do que um hábito ególatra. Abandonei meu jeito egomaníaco de escrever naquela tarde em que pensei que ia ser presa por muitos anos. Renunciei a tudo o que me relacionava com esse país e com você. Não me vejo suportando outra noite num cárcere. Lembro que fiquei duas noites na estação de polícia Centro Habana.

Eu costumo sentar em Le Relais de Belleville, venho uma ou duas vezes por semana para fingir que falo com você. Não sei se fingir é a palavra adequada porque eu realmente falo com você. Posso te falar sobre uma notícia, sobre minha roupa íntima, sobre os lençóis de algodão e o leite de soja, que é o único que consigo tomar.

Suponho que você deva estar bem; apesar de você fingir que é frágil e autodestrutiva, você sempre esteve bem, sempre pôde reclamar porque tem uma boa mãe. Dê um abraço nela, diga que eu andei reescrevendo a história dela, que tive que modificar tudo porque tinha esquecido seu rosto. Teus traços também ficaram difusos, como podia eu fixá-los na minha cabeça se não iam mais estar?

Os anos me tornaram uma amante dos insetos. Eles se sentem atraídos pela podridão. Eu achava que os insetos eram os culpados pela decomposição. Falava de Cuba como um lugar infectado. Se estou escrevendo essa carta é porque mudei de ideia. Não me arrependo do que a gente viveu, mas me arrependo de não ter sabido vivê-lo melhor. Você sabe que era impossível ter feito de outra forma, porque fomos felizes nesse lixão em que amávamos zangões. Eu imagino você e eu como pequenas mamangabas solitárias que foram espantadas pela sociedade cubana. A sociedade é a grande espantadora.

Para que escrever sobre os meus começos na Europa, sobre o que foi a minha vida com Gérard, esses anos foram perdidos: eu era a puta terceiro-mundista dele, sua *cubanita* especial, sua raridade do Caribe. Depois fiquei com um menino dez anos mais novo que eu. Ainda me sinto incapaz de descrever o amor que sentia por aquele homem. Ele queria filhos, então tentamos adotar ou pagar por uma barriga de aluguel. Tudo deu errado.

O menino dez anos mais novo me largou por um cara da idade dele. Conhecemos meu substituto juntos num clube e, não sei por quê, eu pressenti o que aconteceria pelo jeito como eles simulavam não se olhar. Eu poderia te falar de nós, da pinta que ele tinha no lábio inferior, de que eu gostava de espiá-lo enquanto ele dormia, quando tomava banho, quando saía do trabalho e pegava o metrô. Na minha cabeça, gostava de que ele parecesse um desconhecido e de que a nossa vida juntos fizesse parte da minha imaginação de dramaturga, como se eu fosse ainda mais anônima do que eu já sou por ser uma emigrante, como se a minha existência dependesse dele e não fosse mais verdadeira.

Estou começando a me sentir velha. Estou começando a me sentir surda, como se eu não pudesse mais escrever o que escuto porque a minha escuta é ruim e na escrita a gente tenta escutar atentamente, embora essa seja uma ideia banal porque eu fiquei sem ideias. Escrever me dá ideias. Escrever sobre as coisas comuns e insignificantes me ajuda com esses traumas arrastados desde a nossa origem podre.

A primeira coisa que se esquece é a voz. Eu tenho os nossos vídeos simulando nudez e bebedeira, tenho você filmada cantando poemas do caderninho que a gente achou no Coppelia e que fomos incapazes de devolver para o dono; mas esqueci a tua voz porque não acho que a gravação tenha o teu som, eu deduzo que essa não é a tua voz porque também não é a minha voz que ficou registrada aí. Não é o teu rosto. Não é o teu corpo. Mas, acima de tudo, não é a tua voz. Aos finais de semana, eu vou ao campo para ficar com um italiano muito mais velho. Ele vem do sul da Itália e é chef de cozinha. A gente aprendeu que o domingo se desfaz quando a gente caminha sobre a grama. Ele cultiva sua própria comida e me ensina o esforço que há por trás dos detalhes, do lado dele eu aproveito a infalível calma fora do tempo, me deixo levar. Com esse amante eu me sinto desejada de uma forma que nunca fui: quando ele bota o pau dentro de mim, sinto como se tudo estivesse em paz, como se preenchesse um grande e inexplicável vazio, e eu quero que ele me coma desse jeito envelhecido, real.

A gente era alérgica à tranquilidade. Eu teria te amado, sim, juro que teria, mas não quero ver o que você se tornou, não quero saber se você está viva ou feliz, não me interessa saber de você, não me interessa saber realmente, prefiro vir ao café e falar imaginariamente com você sobre a empresa americana onde respondo as mensagens em espanhol. Que entediante parece, né?

Eu não sei se você faz teatro, se continua no design, se escreve poesia, se gosta de tomar sorvete para atenuar a tua invalidez, se não tem mais aquele mal cheiro no sovaco. Nós éramos inválidas, éramos infelizes, éramos infantis, mas tínhamos algo irrecuperável: para nós, o mundo durava uns segundos, a realidade era orgástica, as decisões eram absolutamente incertas e nada mudava, vivíamos chafurdando no chiqueiro, esperávamos o pior, porque o pior era a única coisa verdadeira.

Nós éramos mais imbecis que os insetos e não é possível existir algo mais imbecil que um inseto em Cuba. Eu tenho uma pena tremenda dos insetos porque eles são carniceiros, você e eu nunca fomos carniceiras, mas quem não era um pouco. Você sabe do que eu estou falando, estou falando dessa sensação de carniça, dava na mesma ir para frente ou para trás porque não havia nem o futuro e nem o passado.

Aqui eu fumo muita maconha, mas da boa, aquilo que a gente tragava era veneno, a gente ficava tonta, nos deixava ainda mais lerdas. Talvez você não viva mais nesse país, talvez você tenha virado vegana. Alguma coisa me diz que você engordou muito mais e que já não lembra do amor que sentimos uma pela outra. Acredito que você também não tenha filhos. Acredito que você vai ficar sozinha e que continua pensando que vale a pena fazer teatro ou considerar idealisticamente a arte. Você não tem aprendido a escutar. E às vezes é preciso ser um grande ouvido.

O que aconteceu conosco parece que nunca existiu, isso é o que mais me dói de não ter notícias tuas. Nunca irá se repetir, nunca sentiremos isso de novo. Agora me resta este vazio enorme. Cuba é você, éramos você e eu nesse buraco, éramos a praga. Aqui todos pensam que Cuba é Fidel Castro. Estão tão errados...

A peça que escrevi para tua mãe terminava assim, você lembra?:

SUPERWOMAN DEDETIZADORA diz:
Quero matar vocês, seus filhos da puta, leitosos filhos da puta, quero matar vocês e não ter que vê-los nunca mais. Que não reste nada de vocês na terra, leitosos filhos da puta. Que seu leite infeccioso não caia sobre a terra. Que seu leite contaminante não caia sobre o solo soberano. Que seus filhos não caiam sobre nossos rios. Onde tiver um de vocês, mosquitos, eu estarei, onde eu puder matar vocês, aí estarei. Que não reste traço de sua fetidez, que não venham roubar os nossos filhos, tentar prejudicar a moral revolucionária com ideologia *soft porn* de merda. Podem ir cagar moscas, porcos, veados, imorais. Vão ter que passar sobre a minha cabeça.
Centenas de mosquitos *Aedes aegypti* gigantescos se aproximam da Superwoman Dedetizadora. Ela mata todos. A filha dela fecha os olhos. Nasceu para não defender dos bichos o solo pátrio.

Como está a tua mãe? Às vezes eu me lembro dela convulsionando, caindo, e me pergunto se continua tendo ataques. Tomara que não. De quem te ama, Pamela.

Convulsão

Minha mãe estava no chão. Músculos contraídos. Artérias contraídas. Um fio de sangue. Saliva. Olhos virados. Os dedos tensionados. Minha mãe estava na cama. A agulha estava na minha mão. Depois de injetá-la, meus olhos encheram de lágrimas.

Na verdade, não foi num *Domingo de la Defensa* nem em qualquer outro dia de voluntarismo patriótico, era o sábado após a morte dele. A casa estava em silêncio. A rua estava em *mute*. Ele tinha morrido na madrugada anterior e uma estranha paz sacudia o corredor onde morávamos minha mãe, minha irmã e eu. Eu disse que Fidel Castro tinha morrido, e o fato não desmontava a calma que acontecia entre a parede, o domingo, meu braço direito, a gelatinosa imanência do luto e minha mãe. Ontem, enquanto eu rebolava na festa da *Muestra de Cine Joven*, a notícia de sua morte parecia uma piada reiterativa e pouco original. Imagino minha mãe com sua dor de cabeça tentando assistir a um filme de ação. Imagino a gente dançando na festa. Nada pode interromper o movimento: sua, saliva, nasce, a epilepsia é um estado mental assim como a morte é um incidente musical.

Era sábado e minha mãe estava nos meus braços, o único ritual do qual não posso sair. Tenho um roxo no mesmo braço do qual pende o pescoço quente dela, o pescoço que contém o medo e o fracasso de uma cabeça sadia. O que é uma cabeça sadia? Sadia? Salva? Vive? Sonha com um homem barbudo que promete cuidar dela? Sonha com uma revolução que relampeja como o flash quando dançamos? Sonha com o meu nascimento? Ele me enfiou no banheiro da festa e me apertou tão forte que a circulação sanguínea mudou de repente. Eu ria para ofuscar a dor; fingia que essa marca tinha sentido, um sentido ulterior que não se relacionava com a violência ou a fragilidade, mas com a perda. Perdida, caía, caía no banheiro como o crânio da minha mãe. É tão fácil ser uma pele quebrada na intensidade de um desconhecido...

Com minha mãe no colo e a notícia recente, penso na agulha e na degradação deste corredor, respiro o alento da quadra, a rua, a cidade, a província, um país emudecido como eu na penumbra do banheiro, uma Revolução que é um corpo se deixando arrastar e manipular como marionete que anseia ser animada pela alegria. A alegria inadvertida dos que cresceram com uma educação sentimental socialista: "Pioneiros pelo comunismo". Aqui só se respira a inquietação da morte e da sentença: "Venceremos". Mas nem tudo é esse ódio: "Vamos bem".

Era sábado, um sábado úmido, com o ambiente carregado de certa monstruosidade. Aos poucos chegavam os furões do corredor a colher assinaturas, a me pedir que saísse, que eles tinham alguma coisa para me mostrar. Os furões não percebem a dor da minha mãe no meu colo, do hematoma (lembrete do arroxeado e do sexo complacente), os furões julgam a insignificância que possuímos eu e a minha mãe. Num quartinho de Centro Habana, minha mãe e eu como estampas do terrível, da eterna queda e das doenças incuráveis. Minha mãe e eu, com nosso próprio sapateio *cederista** e íntimo que não percebe o momento histórico que se vive.

Toca o celular, minha mãe cai, minha irmã diz: "A mãe caiu". Eu saio correndo da festa, em meio à notícia que alguns comemoravam com os quadris, os joelhos e as bundas descendo até o chão. Eu corro para salvar minha mãe.

Fidel é uma ideia ou um retrato (não consigo me decidir), minha mãe é o umbigo e os dedos longos desembaralhando meus cabelos.

Quando minha irmã nasceu, faz dezesseis anos, minha mãe teve o primeiro ataque de epilepsia. Já recebeu todos os diagnósticos possíveis: foi apontada como claustrofóbica, histérica e maníaco-depressiva, classificações que resultam do foco epiléptico invisível, que não se revela em exame nenhum, é um mistério, um mistério que diverte os médicos e provoca todo tipo de ideias e causas.

Não existem provas da doença, apenas esse eco sobre o corpo envelhecido, abatido, derrotado da minha mãe, seu cérebro gelatina e sua boca gelatina. Ela é a prova das falhas

---

* Que faz parte de um CDR, Comité de Defensa de la Revolución (Comitê de Defesa da Revolução). Criados por Fidel Castro em 1960, nos primeiros anos da Revolução Cubana, os CDRs são uma forma de organização da sociedade civil integrada por uma rede de comitês de bairros. Os comitês atuam na defesa do processo revolucionário, no combate a atividades consideradas contrarrevolucionárias e no apoio a ações sociais. (N.T.)

nas ideias clínicas que ainda não deram conta do país e seu entumescimento de alma: este dia é tão gelatinoso como o cérebro da minha mãe após a convulsão.

Minha irmã diz: "A mãe caiu", e minha irmã e eu somos as únicas pessoas verdadeiramente tristes em todo um país.

Há dezesseis anos ela está tomando comprimidos que não controlam suas crises, suas contorções, sua forma de morrer por uns instantes. O lençol e o piso ensanguentados, a cabeça esfacelada em mil pedaços, esburacados o cérebro e os dentes, dentes que caem após o impacto contínuo da cabeça contra o vaso, contra a pia, contra o piso frio, a geladeira aberta, vazia, cheia de sobras, o corpo da minha mãe, manequim que finge posar para uma publicidade prosaica.

Um sábado extraordinário que passa devagar, com muitos furões – todos machos – fazendo barulhos desnecessários e repetindo palavras de ordem desnecessárias. Eu queria fazer um retrato dela no meu colo, aí onde sua boca parece falar através do roxo borrado, piegas, a marca de uma batidinha boba no banheiro.

Queria fazer um retrato dela e me brotam chagas, mariposas, insetos, balbucios de traços ao redor de suas maçãs do rosto e suas sobrancelhas, me brota esta vontade de escrevê-la, enfiar-me no corpo dela depois da convulsão. Não existe forma mais gloriosa de fazer um luto do que olhar minha mãe e saber que a morte de Fidel não significa nada.

Pelos. Poros. Nariz alongado. Lábios grossos. Maçãs do rosto arredondadas. Ela me pede um suco. Me pede água. Eu lhe molho os lábios. Reclama que fui péssima colocando a injeção. Espuma. Vamos para a praia. Vamos dançar. Vamos comemorar o sábado. Minha irmã diz: "A mãe caiu", minha mãe ri e ri. Ela, ainda que nunca seja feliz perto de mim, ri.

Luto nacional: disciplinando o corpo, brincando com bonecas de papel, jogando ovos, imprimindo livros para a educação superior, fazendo maquetes para o Seminário de Design Cenográfico. Você é uma menina má, se controle. Usar óculos e tirar as pulgas do mindinho do pé esquerdo, tirar os carrapatos que minha amiga Pamela tem nos pelos insossos da cara. Eu modifiquei meu ser até me tornar uma artista adolescente, uma mulher que repudia qualquer ato político e oficial, uma menina má que não atende aos parâmetros e é viciada no politicamente incorreto. Isso não é a minha praia, não me interessa, não me afeta, não me dá de comer. Isso aqui chama lei seca. Enquanto isso, pensamentos tristes, muito tristes.

Meu avô morreu numa tarde calorosa. O céu era o abismo de sobre-exposição e eu estava no ISA* com minha amiga E. A gente queria que nos mandassem uma carta-convite para ir à Argentina e estávamos escrevendo longos e-mails para que assim fosse.

Nós contávamos as persianas e brincávamos com os pés, enquanto E tomava ditado: "Somos jovens artistas do design cénico e da performance teatral". Lembro que a gente ia terminar uma maquete feita com latas recicladas, mas isso seria depois, a única coisa que tenho clara é como o calor e o brilho entravam pelas janelas do prédio enquanto desejávamos viajar. Me ligam no celular, é a minha tia contando que meu avô morreu. Chorei durante o caminho todo até a casa da minha tia e, ao chegar, a família toda estava em silêncio. Me aproximei da cama dele e o abracei, o cadáver do meu avô me abraçou, senti que celebrávamos algo para além das nossas vidas. O corpo dele me pareceu vivo, vivo de um modo impreciso, mas vivo; o primeiro impulso foi me deitar ao seu lado. Todos na casa se irritaram comigo. Minha tia se arrependeu de ter me ligado.

"Ela é artista, por isso precisa chamar a atenção", eles disseram. "É uma pentelha".

---

* Instituto Superior de Artes, antigo nome da atual Universidad de las Artes. (N.A.)

Meu pai não estava lá para ver, faz muito tempo que meu pai não está.

Minha tia me deu um bofetão. O que eu estava fazendo abraçando o avô contra meu peito, o que eu queria demonstrar. Um gesto heroico demais para uma neta que chega da universidade com seu ar desalmado, um avô acamado durante um ano, e ela pensando em viajar para a Argentina.

Meu avô é o único homem que eu amei. Não consigo parar de pensar no meu avô como esse grande abismo que faz meus olhos arderem. Quando eu penso em seu corpo presente no calor diário, em meu suor, nas minhas lágrimas, aprendo como me saber totalmente sozinha em sua lembrança, na morte.

A morte do meu avô é a única morte. Pensar em sua morte é meu pensamento mais triste.

Hoje é dia de ir à casa de R. Não sei como estará o velho, com certeza hoje ele não vai querer fazer nada, o país está de luto e ele deve estar praticando seus autoflagelos de furão ilustre. Tomara que hoje ele só queira conversar. R tem uma melancolia terceiro-mundista acumulada no fedor do seu hálito, que cospe na minha cara quando diz o meu nome:

M
  A
    R
      Y

R é desses homens que precisam falar o tempo todo, como se tivessem uma verdadeira opinião. Do tipo de homem que gosta de pagar o transporte com uma nota de vinte dólares americanos, e depois se desculpar com o motorista, e tirar da carteira gordinha uma nota de dez cuc*, para os quais o taxista também não tem troco. R vai tirar da carteira, no final desta situação, uma nota de dez pesos cubanos, uma nota que sempre esteve com ele e com a qual poderia ter pagado desde o primeiro

---

* Até ao final de 2020, Cuba tinha duas moedas oficiais: os pesos cubanos (CUP) e os pesos cubanos conversíveis (CUC). O valor do cuc era de 1 dólar americano, enquanto um peso cubano equivalia a 24 dólares. Agora só existe o peso cubano. (N.A.)

momento, mas agora já provou para os outros passageiros que ele tem dinheiro e que não dá muita importância ao câmbio da moeda. O terceiro mundo produz esse tipo de homem, o homem furão. Aos domingos, eu vou na casa dele, é uma visita rotineira e ginástica. Ele tem muito dinheiro, tenho certeza de que sua fortuna vem de uma herança familiar esbanjada e do aluguel de uma casona em Varadero. Eu olho para ele e sei o que ele é, ficou com tudo, com o tesouro e a riqueza herdada e se tornou um furão. O macho do furão é um estuprador, morde a fêmea no pescoço para meter o pau nela, como é natural no acasalamento animal.

R de Repulsa. R de Revolução. R de rotineira raiva ríspida runa rã rela rêmora recacete retrepada remorte.

Bato na porta. Ele abre com uma euforia pouco habitual. Não entendo por que está feliz.

– Você chegou mais cedo?

– Você não teve um infarto com o negócio da morte?

– Entra.

– Você está de luto?

– Como está a tua mãe?

Eu não respondo. Quando me dá na telha eu não respondo. Nós temos um acordo e isso é inviolável, é um acordo de ambos, o que não deixa de ser nojento e absurdo.

Minha mãe o conheceu fazendo campanha na casa dele. Aquela campanha tinha a ver com um mosquito e com vagas de emprego para gente como a minha mãe, que não tem nenhum diploma. Ele fez uma primeira oferta para ela, porque minha mãe é uma mulher bela que qualquer homem poderia desejar: ela o visitaria uma ou duas vezes por semana para lhe fazer companhia.

R se sentiu comovido pela situação financeira da minha família desde o primeiro momento, então imediatamente começou a nos convidar para longos almoços na sua casa de dois andares. Eu soube o que ele queria comigo só de ver como me olhava. Se eu tenho algum talento, é esse, saber o que as pessoas querem de mim. Elas me olham e eu saco tudo. Então R fez uma segunda oferta para minha mãe. Outra oferta.

Nos sentamos à mesa. Ele me fala de um roteiro que está escrevendo ou de um romance que escreveu ou de argumentos que sobram totalmente no mundo da ficção e no mundo dos fatos. Me fala uma enxurrada de besteiras que não consigo tolerar, com minha idade sou tão intolerante que eu mesma não me suporto.

Às vezes curto esse primeiro momento de formalidade porque conversamos educadamente, como se a nossa relação fosse honesta. O que acontece depois é simples, rápido. O asco é antes e depois.

Ele me serve o chá amargo. Eu durmo. Quando acordo, estou no quarto dele seminua e muito enjoada. R cumpre seus rituais de furão, falar, drogar-me e deixar-me trinta cuc, às vezes vinte – depende do seu humor –, sob o lindo abajur da cômoda. Ele deve desfrutar muito ao me ver partir com passos titubeantes sem dizer adeus, fumando um puro cubano na sua varanda, onde o sol quer arrebentar seu charuto e seus óculos pretos, de acetato. Ele não me olha, não me diz nada, e eu me esforço para sair sem lembrar dessa cena na varanda no que resta do domingo.

Eu não consigo contar de outra forma o que acontece depois que a gente se senta à mesa, o nosso encontro é um sopro, se desfaz.

Ele me bota de joelhos. Me enfia um ferro gelado. Me aperta os seios. Me chupa o pescoço. Atravessa minha orelha com uma agulha. Me penetra fundo. Enfia sua mão besuntada de óleos, vaselina e lubrificantes aromáticos até sentir que rasgou algo dentro de mim. Ele se extasia com o rasgo. Aperta minhas mãos. Me amarra à cama e bate no meu rosto. Chora no meu umbigo. Arranha a palma da minha mão com uma escova de metal. Me cospe. Me mija. Me depila as sobrancelhas completas. Debocha. Quebra uma taça nos meus joelhos. Em cada joelho uma taça. Me grita. Às vezes me beija delicadamente. Às vezes me sussurra alguma frase em outro idioma, pronuncia uma frase em um francês mal falado: *Je vais encourir bien des reproches. Mais qu'y puis je?* Às vezes tira seus intestinos e me faz engoli-los cuidadosamente. A única coisa que eu faço é manter a boca aberta. Enquanto goza no meu ouvido, bota seu leite de velho nos meus ouvidos, e eu sou uma morta.

Isso poderia acontecer e eu não saberia. Nos sentamos à mesa e eu bebo o chá. O furão decide os fatos, a partir desse momento os fatos poderiam não existir. Não foi assim na minha primeira visita, nem na segunda, na terceira a gente se beijou, mas meu nojo era evidente, então ele propôs que eu bebesse o chá, e eu bebi porque eu queria desaparecer. São dezesseis horas. Depois do chá e antes dos trinta cuc na minha mão, se passam entre três e quatro horas. Eu deixo o telefone gravando som e não se escuta nada mais do que um gemido, um gemido semelhante ao de um carneiro que é assassinado a sangue frio. Me assusta esse som. Tenho horas e mais horas de gravação. Eu devia estar assustada, mas não sinto nada. Da mesma forma que eu paro de ficar com nojo do hálito dele, eu paro de sentir. Sou um furão fêmea: ao desfalecer, aguento.

Eu pensei que R estaria de luto, mas ele pouco se importa com a morte de Fidel, embora seu aval diga o contrário.

R: tomara que você morra lentamente, que as pelancas pendam do teu rosto como chiclete derretido, que você não consiga mais sentir desejo porque o desejo não quer que você o sinta. Te desenhei como um furão. Você é o mais podre entre todos porque não tem moral. Um dia ainda vou à polícia para te denunciar. Tua cara de velho de merda. Tua pele de velho de merda. Teu cheiro, que não some nunca do meu pescoço. Você acha que tem poder sobre meu corpo, mas meu corpo é o desejo, e sofre porque não é livre. Eu sei que tua ideia de soberania consiste em fingir que você tem o poder sobre uma morta. Mas eu não estou morta, estou adormecida.

Ontem sonhei com Alberto. A gente cursava o Ensino Médio na mesma escola. Eu lembro dele sem nenhum motivo em particular, suponho que porque tudo nele era misterioso e porque seu corpo era parecido com o meu. No primeiro ano, a gente se beijou na área esportiva entre a escola e o campo, aí nos tocamos e nos umedecemos como feras. Depois só zombamos dessa noite boba, rimos daquela brincadeira erótica que nos salvou do tédio.

Numa sexta-feira de recreação, eles acharam Alberto no banheiro. O grupinho dos bonitões e furões da escola. Alberto estava lá, muito mais feliz do que esteve comigo, agarrado com um outro menino que eu não me lembro muito bem quem era. Quase o mataram na porrada. Lembro que desceram ele cheio de sangue e as pessoas começaram a gritar e a abrir espaço no corredor central da escola de concreto armado, como era uma sexta-feira de recreação, aquilo parecia uma multidão de feras se expressando através da música de Elvis Manuel. Eles não encostaram no outro menino que estava no banheiro, dizem que ele pagou. Alberto desabou como um coelho degolado, eu olhei para esse horror e com a ajuda de minhas duas amigas deixamos ele na enfermagem. Os professores, as feras maiores, se cagaram de rir.

Duas semanas depois, Alberto voltou para a escola. Todas as noites abria a boca no banheiro, abria o cu, abria a cabeça, não batiam nele, só gritavam apelidos no corredor aéreo*. Um monte de monstros que lhe gritavam coisas dos albergues quando ele saía do refeitório, depois de fazê-lo engolir e engolir. Eles se negavam a dizer seu nome como se isso os protegesse. Alberto era esse coelho degolado que serviam na bandeja suja do refeitório.

Lembro que teve um domingo que ele não voltou da folga. Também lembro que na área esportiva da escola fazia frio, era um pequeno ártico em Melena del Sur. Na recreação, eu sempre me sentava na área esportiva, e ali tentava recordar o gosto da boca de Alberto. Acho que lhe escrevi uma carta. Você escreve uma carta para Deus para tirar das tuas costas as culpas. Você escreve uma carta para uma pessoa morta para te rebelar. Você escreve uma carta para um amigo para limpar do teu corpo o medo. Escrever cartas é a única coisa que tem me salvado de me sentir sozinha.

Quando chegaram os ônibus naquele domingo, Alberto não desceu de nenhum deles. Alberto se matou. Um silêncio total. Alberto precisou se matar. Ninguém disse nada que não fosse: "Revolução é o sentido do momento

---

* Corredor aéreo central, característico da arquitetura das chamadas *"escuelas al campo"* em Cuba. O projeto consistia em enviar todos os estudantes do Ensino Médio a acampamentos no campo para trabalhar em atividades agrícolas por um mês e meio. Neste caso, a cena se refere a um curso pré-universitário, o que implica três anos de convivência dos estudantes longe de seus lares. (N.A.)

histórico". Fui para a área esportiva para pegar um resfriado. Dormi de tanto chorar com a cabeça no cimento.

Alberto e meu avô estão sempre nos meus pensamentos, na minha tristeza. Eles são as únicas pessoas que eu teria gostado de conhecer mais e com quem queria ter passado os domingos. Eu odeio os domingos. Não há diferença entre estes domingos e as noites de Alberto na escola. A única diferença é que eu sou uma palhaça, um pedaço de carne, e Alberto era uma alma que não podia ser rompida com sêmen, saliva, punhos.

Minha mãe usa um uniforme cinza. No trabalho, deram para ela uma malinha preta, um saco de inseticida, dois folhetos para detectar e combater vetores de *Aedes aegypti* e um par de sapatos ortopédicos. Também lhe deram detergente líquido, um termômetro para medir a temperatura da água, um frasco para pegar amostras de ovos de *Aedes aegypti*, um aparelho minifumigador, um líquido para o aparelho e uma planilha.

Minha mãe conta com os trinta cuc que R me paga, porque o salário de vinte e quatro cuc para um mês realmente não é suficiente para encher a barriga. Nós comemos bife duas vezes por semana e um lombo defumado aos sábados; ela tem o menu estruturado.

Nada de croquetes, cachorros-quentes e hambúrgueres, em casa vivemos com luxo alimentar graças à ajuda solidária de R. Minha mãe diz que meu trabalho extra, ou seja, minha visita de domingo, é a única coisa útil que consigo fazer.

Ela não diz isso com ódio, ela se desentende dos fatos, bebe seu próprio chá.

— Eu não quero mais ir lá.

— Você não ajuda ele com documentos, com pesquisas, com o romance? Eu não tô entendendo.

— Sim, claro, é exatamente isso que ele faz, me fala de um romance e de literatura.

— Ele não vai fazer contigo nada que outros não tenham feito antes, isso é certo. Ele é um homem de lei, olha o tanto que ele ajuda a gente. Você que é mal-agradecida. O que ele vai fazer contigo? Vai te morder?

— Por que não vai você?

— Porque é você que pode ajudar ele com suas coisas, para que eu vou ir?

— Você é burra mesmo, né?

— Olha essa boca! Olha, procura um outro emprego. Estuda, faz um curso. Faz alguma coisa. Não venha me trazer mais problemas nem me falar de coisas que você não sabe, que eu não te sustento para ter que engolir esse ódio todo.

— Tudo é uma merda.

— Eu não sei a quem você puxou, tão vulgar. Cinco anos na universidade e olha só.

— Ai, mãe, cala a boca.

— Cala a boca, é isso que eu mereço por te dar de comer, por criar sozinha você e tua irmã, é isso. Você é uma parasita, e enquanto você morar na minha casa vai controlar essa boca, que não foi aqui que você aprendeu essas coisas.

Eu saio para caminhar, aos domingos, quando entardece, me sinto fraca, triste, ausente, drogada, não sei o que R bota nesse chá amargo, preciso caminhar como se eu soubesse aonde estou indo. Caminho pelo Malecón e encaro as pessoas olho no olho. Enxergo dentro de suas cabeças. Enxergo através de seus pescoços. Elas caminham estilhaçadas, que nem eu.

Estou com os trinta cuc na bolsa e compro uma casquinha. As pessoas estão desanimadas. Os furões são os mais desconsolados, seus olhos tristes, as pupilas fundas e escuramente entristecidas pelo luto. Aconteceu a morte de Fidel. A morte os deixa ansiosos, mas o aniversário dele também os deixou assim: as pessoas querem justificar sua tristeza ou sua alegria, porque não sabem ser alegres, somos todos iguais. Nesta rua por onde ando comendo uma casquinha, todos somos igualmente desgraçados, temos as mesmas rasgaduras, ainda que eu não esteja pensando em Fidel nem em nada.

É o ciclo natural pelo esgotamento de um mundo, eu suponho, é um sentimento de derretimento e desgraça global que nada tem a ver com o privilégio de uma casquinha, tem a ver com a morte expandida, a morte em todos os lugares. A morte me entristece de verdade. A morte do meu país.

Neste país, as pessoas estão sempre adotando uma personagem. Quando não é a da dor e a da convicção, é a da queixa e da rumba. A personagem padece de um gozo milenar e tem calos nos pés. Já fez metástase, já se queimou e se esfolou contra os muros, se afundou, explodiu, derreteu até desaparecer. Aquilo que é milenar não desaparece, o câncer também não, são experiências lendárias que sobrevivem a tudo. Na minha cabeça, tenho montada uma personagem com a lógica bem ferrada.

O certo é que, quando vejo os olhos das pessoas, vejo o vírus, a causa nadificante se retorce em seus pescoços, vejo a morte também, vejo uma disposição para o vazio (nem alegria pura nem tristeza pura: impureza cubana, impureza lendária e cancerígena). É isso que eu vejo nas pessoas, nos furões, neles, que são meus patéticos espelhos. Enquanto me arrependo do investimento feito nesta casquinha que não satisfaz todos os meus desejos, uso a lógica para matar segundos, minutos, passos, televisões e rádios ligados.

Hoje eu vou gastar esse dinheiro em mim ou em mais alguém, é meu, é o resultado do meu trabalho. Boto o telefone no ouvido, escuto o áudio desta tarde, o que gravei no quarto de R me ajuda a saber. São golpes. São quedas. São sons secos, cortantes.

Pela primeira vez, sons em vez de gemidos. Não é o terror do carneiro assassinado, sou eu caindo no chão, contra o encosto da cama, outra voz sai de mim e o satisfaz porque ele geme, chora, se agita. Furões. Os furões caminhando, apesar de seu luto, os furões desejando a minha pele.

Minha mãe amanheceu melhor. Por isso foi trabalhar no comitê que os furões criaram para coletar assinaturas de condolência. Minha mãe é uma mulher invicta. Não se lembra de sua convulsão, o roxo na cabeça, os músculos doloridos, existe alguma coisa maior do que ela e seu repouso. Minha mãe só pode ser acusada do desígnio de me entregar a R; ainda que seja compreensível que ela me impulsione a trocas revolucionárias para me adestrar, para que subsistamos.

R é um comunista, um cubano descendente de italianos negociantes, que tem roubado todo o possível de sua família no exterior e que escreve roteiros para os shows policiais revolucionários da televisão cubana. Essa é a biografia de um grande homem, com graus militares e com a ressalva da consciência patriarcal dominante. R é isso, um cara que faz o que bem quer.

Eu me entreguei a R cumprindo os desejos da minha mãe, e recebo um pagamento por isso (o que também satisfaz os meus desejos); supostamente, é o meu dever de jovem perdida dar esses centavos da troca para ajudar com os gastos da casa. Missão cumprida. Afinal, não há evidências do que ele me faz, nem eu mesma posso dar depoimento sobre esse quarto e seus barulhos, minha mãe opina que eu estou certa em usar minha ilogicidade e em ajudar R no que for que ele esteja escrevendo. Mas eu nunca li nada dele e nunca o ajudei a nada mais do que a saciar sua natureza de espécie semiviolenta e semidomesticável.

Hoje ele me falou superficialmente sobre o filme biográfico de Fidel que está planejando escrever.

Eu poderia falar para minha mãe sobre esse projeto.

Chego à casa de Pamela, minha melhor amiga, minha dramaturga. Ela sabe me dar beijos na nuca e cantar para mim os temas do seu disco inédito *Elephant family*. Minha música favorita é o *track* 7. Gosto de fumar maconha com ela e com Mayuli quando nos sentamos na sacada do Vapor 69 para viajar a outra dimensão e assim esquecer do prazer agressivo que é viver no subdesenvolvimento. A gente gosta de deitar nessa sacada e de brincar com os dedos dos pés, riscar com as unhas do mindinho os talões, aliviar as calosidades do caminho com drogas ou risos. A gente gosta de se contagiar das mesmas coisas. Mayuli diz ser homem, mas somos três meninas neste ponto de tensão no mapa de La Habana. Ali fingimos ser felizes. Eu, quando estudava no ISA, gostava de ser feliz das formas mais espalhafatosas com a minha amiga E. Aqui somos felizes com a firmeza da contemplação.

— Minha mãe está melhor.

— Melhor com a morte?

— A morte lhe deu uma razão para ficar ativa, você sabe como é.

— E o ataque não foi na sexta?

— Foi na madrugada de sábado. Depois que falaram que tinha morrido.

— E será que ela não incorporou o morto, será que ela não convulsionou por culpa do espírito do Comandante? Vai saber.

— Cara, não. Mas pode ser, né?

E a gente ri e os dedos dos nossos pés riem, gargalhadas expansivas. Pamela escreveu uma peça de teatro sobre o trabalho da minha mãe. Um batalhão de uniformizados cinzas que lutam contra um mosquito *Aedes aegypti* gigante cujo ferrão tem o formato de um falo prodigioso. O batalhão se protege dos jatos de leite da besta defendendo a nação de uma ameaça pegajosa.

Minha mãe ficou horrorizada com a ideia, mesmo sendo ela a super-heroína nessa obra pós-dramática. Ela não gostou nada desse protagonismo. Pamela a tornou um estandarte da *Federación de Mujeres Cubanas*, *FMC*, e ela não achou nenhuma graça na honraria. Minha mãe sentiu que a história era complicada e que colocava ela num lugar confuso; mamãe se mantém em desacordo com qualquer diversionismo ideológico, sobretudo na arte e na literatura. Mayuli não leu nunca a obra porque estava ocupado pintando seu quartinho da Rua Humboldt. Eu fico excitada com a ideia desse mosquito.

A peça de Pamela ficou inconclusa, como a vida da minha mãe ou como a arqueologia do domingo ou como aquela peça de teatro, *Lo duro y lo blando*, que minha mãe também não apoiou por se tratar de um tema complicado.

Às vezes eu sonho com o ato heroico, vejo ela com uma capa gigantesca e cinza, voando temerária e rodeando o mosquito gigantesco. Essa obra foi uma grande viagem, como a viagem da gargalhada de agora. Mayuli é meio dramático e vê as coisas de forma esnobe, é radical e está doido, ele é o mais forte. Decidiu vestir uma camiseta com a foto de Fidel, e na imagem do presidente desenhou com acrílico vermelho os chifres de um demônio. Enquanto toco as coxas de Mayuli, vejo minha mãe rasgando a camiseta. Com umas tesouras de jardinagem, minha mãe retalhando a camiseta e o peito de Mayuli. A cara do Comandante se encharca de sangue, o remédio acaba sendo pior e mais trágico. O que tem nisso? De onde você tirou esse suquinho, leite exótico, erva milagrosa? Está bom isso que Mayuli comprou, Pamela e eu achamos divertido. Minha cabeça é um mosquito esguichando leite nos furões de luto. Minha cabeça vai explodir em cima das coxas do Mayuli.

Minha mãe deveria matar R. Minha mãe deveria acabar com todos os focos em todas as casas habitadas por furões da vizinhança. Vocês precisam de um mosquito que injete esperma e faça vocês chorarem. Vocês precisam salvaguardar seu país para não sentir tanta coceira no umbigo. Vocês precisam comer uma casquinha. Vocês precisam de medicina natural.

Isso aqui está forte.

Mayuli aluga seu quartinho da Humboldt para que as pessoas deem uma boa trepada após saírem do bar gay que também tem o nome do naturalista alemão: Humboldt. Pamela e eu sentimos certa predileção pelos amantes que aparecem por esse antro. Depois das cócegas e a bobagem da chapadeira, Pamela e eu nos beijamos como boas amigas. A gente tentou ficar uma vez, mas não rolou. Mayuli fica sentimental e começa a falar da avó, que morreu de câncer de pâncreas, diz que não consegue mais viver com a dor da perda e que não quer pintar nunca mais na vida. Mayuli diz as verdades como se não lhe custasse ser honesto.

Minha mãe deveria chegar e salvar nós três, nos acordar dessa letargia ou nos envenenar como a mais uma praga que infecta o país, deveria nos tirar da perdição, que é a sensação mais pura da minha geração. Viver na perda, nos cansar de tanta perda sobre perda, a poética do perder, perdosofia, perdidos no tempo, perdidos no leite, insetos incapazes de amar.

Isso aqui está duro. Isso aqui me quebra em duas a cabeça. Isso aqui me tira de mim.

Ninguém quer ver um filme biográfico sobre a vida de Fidel, R, uma vida gloriosa e verde-oliva, ainda que seja como a vida de um grande ator, um dos bons, ele era dos bons. Afinal, não se pode dizer outra coisa sobre ele: era um grande ator.

A cama do quartinho da Humboldt é mais pura do que a cama de Fidel, mas todos têm algum tipo de ressentimento com Fidel. Pamela bota o *track* 7 do seu disco. No céu, os elefantes e os mosquitos pairam. Depois a gente vai a Humboldt para comer um veado e deixar que nos roube o celular e copiar-lhe num usb *Elephant family*, para ele disseminar o som de Pamela pelas bandas das bichas e dos inferninhos restantes de La Habana.

Não tem mais nada, gastei tudo, e mal. Minha mãe não vai receber seus trinta cuc. Vamos comprar mais um pouco de medicamento e depois vamos nos sentar no Malecón para ficar de luto, para lançar o melodrama ao mar. Fidel saberá que são exéquias doentias, mas vai aceitá-las, se tem algo que um bom ator tem claro é que deve apreciar qualquer homenagem. Eu rio até esquecer que minha vagina tem o cheiro de R. Rio até que meus dedos do pé somem e se transformam num punho fechado.

Boto o fone no ouvido, caio uma e outra vez no chão, escuto o áudio tantas vezes, vezes suficientes para apagar R. Pamela e eu dormimos abraçadas, choramos, minha mãe já me ligou sete vezes, espero que ela esteja melhor, espero que não esteja decepcionada. Pamela me mostra suas fotos de menino, mulher trans é melhor para abraçar de noite num domingo, ela não mostra essas fotos para ninguém, mas nós nos mostramos tudo: as doenças sexualmente transmissíveis, o herpes, as espinhas, as perebas, as artérias pigarrentas por exposição de mais ao mau amor de Cuba, ao mal amar. Pamela nasceu menino, mas o que isso importa.

Eu queria ser surda. Pamela quer que eu seja feliz, mas a felicidade dura tanto quanto a casquinha, quanto o efeito da droga, quanto o momento inexato em que R me suborna e esmaga alguns dos meus ossos, que não servem para nada mais do que para inspirá-lo a escrever sua cinebiografia e fazer uma proposta para a televisão nacional.

Mãe heroína não chega, deve ter sido vencida pelo inseticida, os químicos da fumigação.

Mãe heroína não vem buscar eu e Pamela, que estamos demasiado sozinhas na sacada, nos perguntando se já é segunda-feira e se em algum momento vamos recuperar o celular que o ladrão bicha da Humboldt nos roubou faz duas semanas.

Mayuli foi com sua camiseta para o bar gay. Pamela e eu pegamos no sono. Esse foi um fim de semana patético.

Pamela: tua voz que é inesquecível, o teu pescoço. Você é a minha única amiga. A única coisa que ela gosta de Cuba é o Tocopán, embora também goste dos Pepitos. Eu gosto de ela não me conhecer. Gosto de que nunca chegaremos a nos conhecer. O que verdadeiramente eu gosto dela é que não poderemos nos separar, ainda que no fundo eu saiba que Pamela é perfeita demais e que ela vai ficar entediada comigo, porque sou desastrada e não desenho, nem escrevo nada que preste. Mesmo sabendo que ela vai embora e eu vou ter que ficar, Pamela não deixa de me salvar com seus silêncios longos ou seus discursos memoráveis. Pamela e eu conhecemos de sobra as fatalidades que uma amizade como a nossa precisa enfrentar, e juramos estar juntas depois da hecatombe. Fizemos um juramento de amor.

Pamela não quis me acompanhar para a festa da *Muestra de Cine Joven* de sexta-feira e por isso eu tive que ir sozinha. Acho que, por andar sozinha, perdi os fones de ouvido e carrego essa marca horrível no braço. Hoje eu não tenho nada para fazer, desde que fecharam "momentaneamente" o teatro estou numa espécie de limbo, como vive a maioria das pessoas em Cuba, no limbo "momentâneo". A marca. Meu braço direito. A epilepsia. Minha irmã de dezesseis anos. Meu braço. O limbo. A sexta-feira da semana passada foi como outra qualquer, e eu chegando em casa. Minha mãe no chão. A segunda-feira. Hoje é terça. Não sei como cheguei à terça. Limbo.

Às vezes eu e Pamela perdemos um dia e não percebemos.

— Cadê o dinheiro?

— Joguei fora.

— Você não vai comer?

— Tô sem fome.

Minha irmã é idêntica à minha mãe. Acompanha ela em quase todas as obsessões, a abraça quando chega do trabalho, imprime para ela as propagandas políticas sobre o *Comité de Defensa de la Revolución*, *CDR*, contra o mosquito, faz desenhos para o mural do centro de trabalho dela. A gente não é parecida fisicamente, mas temos o mesmo sangue. Minha irmã tem um namorado que está cumprindo o *Servicio Militar Obligatorio*. Sábado foi para casa do pai dela (somos filhas de pais diferentes, o meu não existe, o dela é gente boa). Agora ela tem uma agenda cor-de-rosa e chamativamente boba e vai escrevendo poemas mais cor-de-rosa do que a capa e colando beijos de purpurina para o namorado confinado.

Apesar da sua perfeição, minha irmã dá dores de cabeça à minha mãe: "Quando você diz esses palavrões, fica parecida com tua irmã mais velha, e eu preferia te ver morta do que perdida como ela".

Tanto tédio me mata. Na televisão não está passando nada. Toda a programação foi suspensa pelo luto. O que as crianças vão fazer com essa programação? As crianças que têm um computador ou algum eletrônico podem tolerar, mas o resto vai ter que viver nesse noticiário excessivo e esquizoide (que formas tão torpes de imortalizar encontram os furões). Minha mãe não desliga a TV nem o rádio. Quando não está embaixo conversando com os furões, está falando mal do pessoal do comitê de furões. Quando não está me sabatinando, anda lavando minhas calcinhas porque não acha que estejam suficientemente limpas. A televisão deveria ser mais comercial, deveria entender que uma despedida é uma peça de teatro que gera lágrimas, que menos é mais, que nada é horroroso demais, nem a biografia de um homem, nem as pupilas das pessoas na rua.

A minha irmã não se parece comigo.

— Você pode botar mais baixinho?

— Vai trabalhar.

— Esse país é foda.

— Cala a boca, para de encher o saco. Ajuda tua irmã catar feijão e para de fumar dentro de casa.

Não vou pegar o vício de novo. Foi apenas um cigarro, ontem roubei esse cigarro do bolso de Mayuli. Desde sexta estou com muita vontade de fumar. Não passa.

— Vou catar o feijão, e depois vou com Pamela tomar sorvete no Coppelia.

Minha irmã torce o nariz quando escuta o nome de Pamela. Na nossa família, todas fazemos os mesmos gestos, fazemos beicinho, estalamos a língua, desprezamos o que achamos ruim. Minha irmã acha Pamela, minha amiga, minha irmã trans, um fenômeno estranho.

No Coppelia, a gente sempre fura a fila muito facilmente porque dizemos que vamos a Las Tres Gracias (o espaço para estrangeiros, em moeda cuc) e, como passamos por estrangeiras (roupa de brechó, cabelos desbotados e sovacos cheios de pelos), os vigilantes furões nos deixam passam. Depois subimos. Os sabores são um nojo e uma surpresa. Aqui também as notícias e a insistência das notícias nem parecem reais. A voz de Fidel e os cartazes lacrimogêneos para nos dar doutrina vitamínica. Pamela e eu caçoamos de tudo e pedimos quatro sorvetes de flocos, porque o outro sabor é laranja-abacaxi e nos repugna enfiar isso na boca. Nesse lugar, espécie de museu vivo, alguma vez teve uma centena de sabores. Esse momento está tão distante do meu momento presente como a *Guerra de los Diez Años*.

Pamela e eu trabalhávamos juntas no teatro. Ela era a dramaturga e eu, a figurinista, ambas éramos jovens promessas. Mas o teatro foi fechado "momentaneamente" porque nos censuraram uma peça. Se chamava *Lo duro y lo blando*, eu tinha desenhado um traje inspirado em Tracey Emin, que é a minha artista favorita. Não me inspirei nas performances, mas nos textos de seus vídeos e suas peças têxteis, então confeccionei um corset de couro preto com agulhas e facas, porque eu sempre me identifiquei com o corpo dela em *Why I ne-*

ver became a dancer? A história do corpo dela se parece com a minha. A menina tocada por todos os homens que quiseram tocá-la.

No Coppelia, não há isso de mesas privativas, todos os lugares se completam, ou seja, você nunca fica sozinho. Pamela e eu acabamos sentadas com um velho e uma mulher com dentes de ouro que está suando como se recém tivesse descido de um ônibus. O velho pede duas bolinhas de sorvete e eu fico com tanta pena que lhe dou cinco pesos para completar o valor de um combinado, que traz cinco bolas. A mulher daria qualquer coisa para não estar ao lado do velho e por não ter que escutar Pamela e eu, que caçoamos de tudo e temos um ar estranho com nossas tatuagens e o cabelo mal tingido de azul. Ela também não gosta do nosso cecê, que acha muito desagradável.

A atendente traz os sorvetes e a mulher diz que quer levar um potinho, e sai pedindo um de laranja-abacaxi. A mulher é uma negra linda, deve ter uns cinquenta anos e parece ter quarenta, tem os dentes de ouro, mas seus olhos são perfeitamente amendoados. A única coisa que não suporto é o jeito que ela nos olha, acho que ela tem direito de nos julgar do mesmo jeito que a gente a julga, somos umas branquelas de merda e ela está cansada de aguentar estupidezes de branquelas privilegiadas que se acham artistas.

De repente, ela não nos olha mais e vai para o balcão com uma mochila amarela fosforescente. A moça nos deixa os sorvetes e vai atender o negócio com a mulher, o negócio que lhe convém. O velho puxa uma sacola e joga dentro as duas bolinhas do sorvete pequeno e as cinco do combinado. O velho se levanta e vai embora, Pamela e eu não percebemos que ele não pagou.

A gente ri e começa a gritar. A atendente se alarma e pede que paguemos e que não façamos tanto barulho, o país está de luto. Mais risos. A mulher bota o potinho de sorvete na mochila. Eu não preciso comer mais nada hoje. Assim aproveito o impulso e faço regime. Queria perder trinta quilos. Pamela é tão magra e sexy..., eu estou mais para uma gordinha designer simpática. Eu quero sair desse papel.

Vejo uma sacola no chão, acho que o velho a esqueceu ali. Não quero tocá-la, mas me dá uma vontade doentia. Pamela fica com dó.

— Você fez o velho esquecer a sacola.

A negra vai dizendo adeus com um sorriso cubano de dentes dourados, eu espero que não vá de ônibus com esse sorvete e que não nos esqueça tão rápido.

A gente abre a sacola na casa de Pamela, dentro há dois pães, um caderninho e um lápis. No caderninho há poemas, são poemas curtos e estranhos, me dão vontade de chorar. Pamela e eu lemos todos os poemas e acabamos com fome, mas não temos mais dinheiro, nem nada para comer na geladeira do Vapor 69. Só temos a sacada e as palavras que aquele velho escreveu para nos consolar.

Meu telefone toca. O menino da festa me escreve uma mensagem: "Chapeuzinho, deixa eu te comer. Você fugiu de mim na sexta", eu estou sem crédito para responder e também não quero morrer no machismo latino-americanista de macho alfa furão cubano dele. Que tédio. Eu prefiro que me deixe uma marca no braço e que não exista até a próxima festa. A mulher deve estar comendo o sorvete de laranja-abacaxi ou enchendo potinhos para revendê-lo. Minha mãe e minha irmã devem estar comendo arroz. Eu prefiro a fome com Pamela, embora esteja preocupada com o velhinho, que perdeu seus poemas. Certamente, o país perdeu a *Guerra de los Diez Años*, perdeu "*lo duro y lo blando*" e perdeu noventa e nove sabores de sorvete. O país nos venceu nessa sacada. Rimos como sopranas moribundas. Pamela e eu rimos de qualquer coisa, de tudo, menos desses poemas curtos que não vão mais abandonar a gente. Pamela e eu lemos os poemas em voz alta para não os perder. Achamos leite em pó, botamos açúcar, as tripas se acalmam.

Antes de dormir no meu quartinho de Centro Habana, pego a agenda cor-de-rosa da minha irmã e copio nela os poemas do velho. Eu espero que ela não morra de amor pelo namorado que está no *Servicio Militar Obligatorio*, eu quero vê-la viver e cuidar da minha mãe, quero que elas duas não percam nunca essa sensação de pertencer e se dever uma à outra, eu nunca senti amor absoluto por nenhuma das duas. "Ontem deram uma surra no Mayuli". Pamela me diz isso numa mensagem de texto.

Mayuli não está respondendo chamadas nem mensagens. Pamela acha que ele estava indo cobrar alguma coisa do aluguel depois do rolê na Humboldt, ela me diz isso quando fecho a agenda da minha irmã e quero descansar. Mayuli está em um ambiente bem fodido que não afeta a gente da mesma forma.

"Amo a tua silhueta porque é música, você não ama nada em mim, porque eu já morri, por isso eu amo".

Alguns versos do velho do Coppelia me liquidam. Eu sonho com aquela mulher revendendo o sorvete de laranja-abacaxi, lhe desejo muita sorte. Se nesta semana de luto oficial não dá para beber álcool, então que se coma sorvete bem gelado.

Uma mulher corpulenta, negra e puramente feliz me deu de presente uns lápis de cor de uma marca ótima. Por serem lápis de cores prateadas, geravam efeitos impressionantes nos desenhos. Ela me deu quando eu estava no primeiro ano do ISA.

Foi assim que eu conheci Yaneika, a curandeira, a enfermeira, a sábia. Faz dois meses que eu a conheci mais um pouco. Sonhei com ela também, com suas duas mãos grandes e gordas, duas mãos através das quais flui o mundo, fluem os rios e a terra.

É censurada uma peça de teatro e eu caminho com um feto no ventre. Nenhum sentimento maternal, só pesadelos, pesadelos em que R pegava meu filho e o fazia dormir para depois apagar tudo o que tinha de belo nele. Quem quer dar um filho ao propósito de Saturno? Quem quer pôr nas mãos de um culpado toda a inocência? Quem quer um teatro fechado, um filho que não é teu, mas que cresce em você? Quem quer ser mãe?

Pedi para Yaneika, quem além de curandeira é enfermeira do hospital Emergencias, que me fizesse uma regulação menstrual: simples. O feto e eu estávamos dentro do prazo, apenas uns dias, apenas umas células. Yaneika me olha com cara de suspeita quando me vê. Yaneika compreendia meu estado de desespero e de dor juvenil. Ela não questionou, nem perguntou coisas complexas, nem julgou. Me deu um beijo na testa, como se fosse uma avó, pôs as mãos nos meus ombros e nuca, fechou os olhos, e disse:

"Você está tensa e perdida, menina, você precisa dar um jeito de encontrar a paz".

Notei que Yaneika tinha dois brincos diferentes, e cada orelha continha uma noção singular de La Habana, da ilha, do universo. Yaneika tinha um implante de cabelo na cabeça e sabia que aqueles cachos loiros pertenciam a alguma alma atormentada desta cidade, uma alma que decidiu soltar essas células mortas por um bom preço. Mas esses detalhes não faziam dela uma melhor ou pior *santera*, melhor ou pior enfermeira, melhor ou pior conhecedora do mundo. O que fazia com que Yaneika entendesse tudo era a espiritualidade com que se aproximava de mim sem dizer uma palavra, como se ao me tocar já soubesse, suas mãos compreendiam minha tristeza melhor do que quaisquer outras mãos.

Yaneika pega o aparelho de barbear e o passa pela minha cabeça até raspar de mim cada pegada de R. Preciso que de alguma forma ela apague todas essas células mortas do meu corpo. Dei todo aquele cabelo maltratado para ela. Pedi que me abraçasse. Pedi que não contasse nada para minha mãe. Acho que meu ventre se rasgou dentro como uma parede desabando em meio ao deserto mais profundo.

Um estrondo e um final grandes demais. Careca, sem emprego, a premonição de Yaneika, o filho de R no lixo tóxico do hospital Emergencias.

E me perguntou por que o tinha feito se agora me sentia tão triste.

— Estou agonizando como uma cadela sem futuro e sem ilusões. Não tenho nada.

— Que forma tão complicada de falar, minha filha. Os pés pra cima, nada de esforço, nada de nada, menina, nada, repouso, repouso absoluto e fala com tua mãe. Tua mãe te entende, ela te ama muito.

— Pra minha mãe seria melhor se eu não existisse.

R descobrindo e me açoitando. R casando comigo e me levando para atos políticos e murmurando segredos de Estado no meu ouvido. Yaneika se senta no salão de beleza escolhendo o cabelo mais exageradamente alheio para plantá-lo na sua cabeça, os cachinhos mais loiros, que caiam por cima de seus olhos de amêndoa e transformem a realidade do hospital Emergencias na sala de laboratório de uma série americana como *A Anatomia de Grey*.

— Alguma coisa pra dor?

— Ibuprofeno, qualquer analgésico.

— Essa dor vai passar em algum momento?

— Você tem que respirar fundo e dormir.

Eu já conhecia Yaneika, mas era outra Yaneika, sem esta vida amputada e sem essas coxas rechonchudas. Como minha mãe, Yaneika veio de trem para La Habana e se casou com um velho, nisso ela foi a mais inteligente das duas. Yaneika cuidou do velho e ficou com a casa dele. Minha mãe sempre se ferrou.

— Não diz nada para minha mãe, ela é mais dramática que eu.

— Usa camisinha.

Como eu digo para R o que ele tem feito? Como eu digo a ele que estou careca e desgarrada e que me sinto com um girino? Talvez ele tenha filhos, mas não vão ser filhos meus. Não sei, quiçá R já teve uma família que ninguém conhece. Eu não sei nada de R, eu imagino ou deduzo tudo.

Nessa semana de despedida solene, penso nos brincos de Yaneika (um sol dourado e um pêndulo de diamantinas vermelhas). Penso no jorro de sangue, na bandeja metálica. Sinto que já nada vai me causar tanta dor. O mundo se paralisou essa tarde, vi estrelas cor-de-rosa antes de eu adormecer, vi impactos de sangue aterrorizantes contra meus olhos, vinham me acusar, vinham me dizer que seria melhor se eu não existisse e não fizesse tudo o que não deve ser feito com tanto descuido e desolação.

Yaneika acariciou minha cabeça com pena. Que novela ou série será que está vendo Yaneika essa semana? Justamente hoje menstruei e estou sentindo um tremelico. A careca durou pouco, como o feto, o vulto, o bebê furão. Restou o fantasma de um batimento no meu ventre. Restaram as mãos de Yaneika com toda sua chatice e sua pureza no meu pescoço, quando não quero me levantar, mas o faço, quando não quero fazer e pensar as coisas que penso, quando nem sequer sou capaz de imaginar uma realidade diferente.

Yaneika e minha mãe de mãos dadas no assento desconfortável do trem. Minha mãe e Yaneika sofrendo pela morte de Fidel. Minha mãe e Yaneika compartilharam um dia glorioso de viagem até a capital. Agora se cumprimentam com distância e não compartilham nada, nem visitas ao cabeleireiro, nem conversas sobre a existência. Se Yaneika contasse para minha mãe que eu abortei, minha mãe diria que esse era um filho morto, eu explicaria que em Cuba o aborto é legal porque a Revolução sobre-entendia que esse era um drama obsoleto, e que eu não sentia nada. Minha mãe ficaria chateada com minha resposta, mamãe tem o hábito de ficar chateada.

— Mãe, é um filho de R.
— Para de ser retardada.
— Mãe, deixa eu entrar.
— Tenta entrar.

Olho o teto da casa, poemas tristes e fatos tristes, apaixonado e afundado na minha cabeça sinto esse filho rir, os cabelos cortados e os filhos abortados devem ir para o limbo, devem ficar num limbo inacessível ao pensamento. Queria voltar ao meu aniversário, ao aniversário em que conheci Yaneika e nada tinha acontecido, esse primeiro ano do ISA em que Pamela e eu nos conhecemos. Meu único consolo é voltar para qualquer lugar menos para este. Queria pegar um trem e voltar pelo caminho que minha mãe fez para vir para La Habana. Talvez eu me encontre lá.

Uniforme cinza: tudo aqui tem cheiro de carro velho e de mijo. As campanhazinhas têm procurado ser exitosas. O pó brilhante é exitoso como a efetividade do inseticida sobre a praga. Minha mãe ama um cobrador da luz. Os cobradores da luz não usam uniforme, usam uma pochete com os recibos da eletricidade, usam óculos de sol, não acreditam em campanhas. Se você pagar um valor lógico, os cobradores da luz trocam a medida do contador e te tiram o peso cinza do consumo elétrico: plano de contra-ataque, chamam. Minha mãe usa um uniforme cinza, o namorado dela usa roupas comuns para fazer suas tarefas. Melhor usar roupas comuns, eu acho. Minha mãe ama seu namorado.

Minha mãe seca e minha irmã seca. Esta semana de luto pátrio é a semana oficial da seca. Meu pai, onde estiver, mais seco do que eu; mas quem sabe onde ele está, nem minha tia sabe. Minha alma seca. Estou seca e preciso beber alguma coisa, sentir alguma coisa, usar uma coisinha, me bater forte com alguma coisa. "Chapeuzinho vermelho, deixa que eu te coma..." Ligo a cobrar. "Você tem algo para beber? Eu tenho uma coisinha para ti".

Eu deixo tudo pela metade e tudo em mim é uma fenda seca. Mensagens de texto como essas me ajudam a criar forças para sair da cama.

Não sei o que acontece comigo, sempre fui uma fenda tóxica. Preciso me libertar da minha toxicidade. Um corpo pode mudar tudo, seu corpo de furão pode mudar tudo. E tem um jeito de sorrir que ajuda e me olha com olhos de luxúria. Me faz lembrar de uma mulher que amei quando eu tinha dezenove anos. Gosto de pensar que é essa mulher quem me aperta o braço no banheiro de uma festa.

Ele se recusa a reconhecer que apertou meu braço naquela festa e queimou minha mão com seu cigarro. Você não precisava me marcar assim, bebê, de qualquer forma eu ia te ligar, de qualquer forma eu ia vir na tua casa, de qualquer forma eu ia agir como faço sempre, leve demais, sorridente demais, fácil demais, não é isso o que querem todos os furões?

Os fatos a seguir não têm importância, quando eu conheço um homem sei exatamente se um dia vamos transar, eu sei, não é uma certeza boba, é a certeza dos homens e da minha vagina sabichona.

Pamela não gosta que eu goste dele, Pamela não gosta que eu goste de alguém que não foi ela quem escolheu. Ela não entende. Há algo na crueza e na frieza dos furões que me fascina, essa espécie de masculinidade heterossexual que precisa ser quebrada. E o suor. E o fedor natural, que te arrepia. Eu quero estar sobre sua pele e quero me embebedar, porque me dá tanto nojo pensar na minha vida pela metade e na minha aridez, que qualquer coisa serve. Eu tiro sarro da Sibéria telúrica dos furões, que não vão beber por uma semana e ainda assim fingem um estado de felicidade irrepetível na cerimônia do luto pelo nada.

O que aconteceu com os homens deste país? Por que todos os homens são tão mal-educados? Esse homem se acha o Lobo Mau? Parnasianismo. Pragmatismo. Falocentrismo. "Eu não quero curtir como já curti. Eu não quero sofrer como já sofri". Pamela precisa entender que eu sou autodestrutiva, se tem uma forma de demonstrar isso é que me pareça proveitoso responder uma mensagem dele com uma ligação.

Eu gosto de ligar a cobrar, é uma propriedade intelectual e um direito jurídico chamar as pessoas e que elas paguem, a gente nunca devia arcar com o custo de uma ligação, os outros sim. Marco o código para que o outro pague. Chamo com a ilusão de virar um espartilho com agulhas entrançadas. Chamo porque não tenho nada melhor para fazer do que escrever um epistolário apócrifo sobre a censura. Lei seca para os furões e as crianças com a programação teledirigida. Ele disposto a ser o Lobo Mau e eu querendo ser personagem "vermelha" de fábula, que deixa que a ligação seja paga pelo animal.

Quero que a aridez chegue até minha memória e que minha memória fique em branco e que a seca do luto seque também estas esperanças. E eu pensando no meu avô, esta semana estou sonhando com ele todas as noites. Com meus mortos. Eu não gosto de quartas-feiras, é isso, por isso chamo ele, para fugir, porque às quartas eu penso no meu avô e no meu amigo Alberto. Embora isso seja mentira, eu não penso neles, não percebo quantas vezes penso neles.

Vermelha pelo uso de uma capa, não vermelha como o sangue dos furões. Os furões são fanáticos pelo vermelho, ficam fascinados com o vermelhíssimo esplendor do mundo. Eu preciso ser uma Chapeuzinho, preciso dar consentimento, preciso me arrepender e me torturar por todas as quartas em que não penso, não sinto: fenda seca, absolutamente seca, fenda para enfiar furão, fenda vazia, absolutamente vazia, fenda para preencher com pau.

— Entra, gatinha, tira os sapatos para não sujar o piso.

— Não tem barro nem terra grudada, só tem a sujeira da rua mesmo.

— Precisamente.

— Que besteira.

Me sento descalça sobre uma almofada azul ultramarino. Ele puxa uma maconha. Não é um furão. Bota uma música. Não é a que eu esperava, mas está bem. Ele é o furão mais furão de todos, de verdade, é constrangedoramente um furão, e dá para sentir o cheiro.

— O que você vai fazer da sua vida? Alguma ideia? Dá para viver do teatro?

Quero ele agora. Lobo Mau. Lobo Maior. Lobo. A marca que você me fez no braço e que dói quando me deito para dormir desse lado, eu quero isso tudo. O buraco que tenho no peito desse lado. O sangue que sai pelo buraco e mancha o chão, o sangue que o espartilho tira leve, morno, ainda morno. Quero a fenda cheia de lixo de furão que cuida do piso de sua casa.

A viagem começa com este derramamento de sangue. Ele não está de luto, ele sabe por que eu estou aqui. E um drinque e a fumaça e ele se encosta logo e baba as minhas fendas, as fincadas das agulhas, a lógica, e cospe também na minha vadiagem e na minha perdição. Estou em cima dele e penso na minha irmã. Não estou desconcentrada, o meu cérebro pode fazer e viver mil coisas ao mesmo tempo. Não sei se minha irmã perdeu a virgindade com seu namorado do *Servicio Militar*, não sei se ela se mexe que nem eu.

Rebolo, o quadril acerta a mecânica do sexo eficaz, ritmicamente eficaz. Me concentro, penso no meu sangue e no buraco, penso na facilidade com que me ofereci, depois serei mais uma na coleção de pornô pirata dele, algo me diz que ele está me filmando. Isso me desconcentra. A sensação de que este vazio vai se reproduzir infinitamente é a única coisa que me tira da coreografia. Rebolo em cima da decisão de ser uma personagem de fábula que liga a cobrar.

— Dá para viver do teatro?

— O teatro é a vida.

— Por isso que gosto de você, gordinha, porque você é pura poesia.

— Que chato, para de ser brega.

— Chapeuzinho, a vida é miséria.

— De onde você tirou isso? Mais brega ainda.

— Isso aqui foi teatro, Chapeuzinho, o teu negócio é puro teatro, é isso, Chapeuzinho.

— É bonita a tua casa, muito silenciosa.

— Você não era designer?

— Vamos dizer que sou sim.

— Faz alguma coisa para eu botar aqui em casa, algo lindo, assim, gordinho e gostoso como você.

Pamela tinha razão sobre esse cara, ele pensa com o pau. Deixei tudo pela metade, meus pensamentos, minha angústia e meu tédio. Deixei pela metade as quartas-feiras e deixei meus olhos buscando respostas no quarto, minha irmã e eu fazemos o mesmo exercício de interrogar o teto. O teto vai nos contar alguma coisa. Através das figuras que gera a umidade do terceiro andar. Essa frase ridícula vem a mim como resultado do grande silêncio que há no quartinho de Centro Habana, como a forma em que minha mãe teoriza e diz para si: "Minha filha mais velha é uma praga".

Sou uma praga, penso enquanto olho o teto e o Lobo Mau mete em mim bonito. O teto do Lobo Mau é entediante, não há nada aqui que me prenda.

Eu me tornei mais uma peça do desassossego, nada o que fazer, estado de inutilidade e tédio em suspensa pureza. Fico entediada com minha própria comiseração, detenção, rápida dilatação vaginal, anal, rápido vazio, rápida desproporção entre a dor da minha mãe e a dor do mundo, entre o familiar do velho que abandona seus poemas e meu avô, entre o furão do domingo e este que enfia o pau em mim em cima de uma mesa de jantar. Não desgrudar os olhos do teto.

Uma geração perdida no não contemplar nada para além do teto de um quarto. Aqui com ele, não quero contemplar nada, nem dizer nada de verdade, não quero sentir nada, fugindo da seca eu vim cultivá-la, vim alimentá-la com este momento inexato de penetração esquecível, com este papo ruim e melodramático que nada tem de fábula, nem de verdade.

Quero ir até a casa da Pamela e dizer para ela que este cara não é um bom amante, que nem sequer cheira o meu pescoço, que só liga para o seu pau e que acha que me puxando pelos cabelos está me ensinando alguma coisa sobre o amor.

Levo na minha mochila uns fotogramas de Leningrado e uma garrafa de vodca. Estou com cólica. Sou uma ladra, sou uma miserável, sou uma sobra da quarta-feira com lei seca e de todas as quartas que oficialmente não são.

Leningrado: o cobrador da luz pensa que a URSS existe. Minha mãe pensa que a Revolução existe. Minha vagina pensa que o amor existe, e que o amor é isto, ser uma mulher fantasmagórica que se deixa levar pela inércia. Minha irmã pensa que eu já fui boa mas me perdi. Quando minha irmã me viu chegar careca, começou a chorar. Minha mãe diz que eu traumatizei minha irmã. Talvez o choro dela seja a única coisa que se parece com algo que existiu antes de eu nascer. O cobrador da URSS pensa que a luz existe. Minha vagina pensa que o amor foi descrito pelo velho poeta do Coppelia e que não há nada melhor para fazer do que se deixar comer para suportar toda essa escuridão. Estou errada, eu sei, mas pode ser que não.

Quero ver meu antigo namorado, o administrador do teatro, o filósofo. A maior saudade que tenho dele é essa espécie de pessimismo autossuficiente que faz ele criticar e abominar todos. Ele e eu somos os autores dos furões: seres domesticados sem prazer que vivem hipocritamente, e por conveniência suportam os mecanismos heteropatriarcais do poder. Definir um furão é definir minha diferença do resto, minha arrogância juvenil me faz acreditar que é possível me diferenciar de mim mesma. Meu filósofo nunca soube de R, não sabe que R tem os dentes manchados de preto. O galante dos meus domingos de trinta cuc exibe as gengivas mais nojentas do mundo e sua dentadura é como uma grande mancha de petróleo. Suponho que a minha repulsão esconde algum desejo.

Às vezes eu sonho que R puxa meus cabelos, que ele só desejava puxar meus cabelos. Por isso eu dei meu cabelo para Yaneika, para que essa tortura usada para me destruir não propiciasse novas arqueologias do saber (como se ele fosse meu namorado filósofo) que pensem a cubanidade na fome, a cubanidade na entomologia, a cubanidade na prostituição, a cubanidade na polícia cubana, a cubanidade na história da rebelião da *Gene-*

ración del Centenario, a cubanidade em *Lunes de Revolución*, a cubanidade nos atos de repúdio, a cubanidade naquilo que nem eu nem meu namorado – o filósofo – vivemos. Agora não havia nada para puxar nem para lamentar. Gritar coisas no meu ouvido. Estuprar uma morta. Me estuprar como se tivesse a cabeça dentro da boca do fogão. Me estuprar como se tivesse que quebrar meus dentes com uma mesa de cimento queimado. R justifica seu estupro com a ideia de um consentimento prostituído que não sei quando aceitei nem quando decidi que queria parar, mas com o qual eu cumpro (não sei em que me diferencio dos putos que vão para Humboldt e dos que Pamela e eu falamos como se fossem atores ruins numa peça de teatro). Eu deveria aprender com esses michês como ser menos aterrorizante.

R tem atributos revolucionários. Além da sua carreira militar, estudou filosofia, e se esqueceu de como ser um homem comum. Não se considera um homem comum, mas sabe que é um furão. R insiste em sorrir, mas não sabe como. Seus dentes manchados me lembram da minha mãe sangrando pela boca. Parte do que há de repulsivo em mim e que se delicia aos domingos com a língua dessa boca é também o que resta de revolucionário em meu corpo.

Minha mãe detesta o álcool porque a faz lembrar do meu pai. Não sei se inventei essa ideia sobre meu pai, mas acredito que minha mãe odeia os pinguços porque eles lembram meu pai. Mas meu pai não tem nada a ver com essa sensação que eu tenho às vezes de ter sido arrastada pelo chão, ter sido puxada pelas orelhas ou pela língua, e ter tido a pele arrancada. Há dois filósofos tão diferentes na minha vida, dois filósofos que me usaram como experimento...

Minha mãe é uma mulher trabalhadora, luta contra o mosquito, essa é sua luta social e diária, mas sangra pela boca quando tem que convulsionar no chão. Realmente é absurdo como ela dá um jeito de afirmar que não sabe o que R faz comigo, o que a gente faz nos domingos. Assim é a minha mãe: uma mulher comum que nem quer ser heroína, nem realmente acha que o *Aedes aegypti* deva ser eliminado. Minha mãe silenciou essa história de amor entre R e eu. Ela viu como eu cumpri automaticamente com todos os meus encontros. Em seus pensamentos, ela deveria saber que, se eu de fato estivesse ajudando R com um romance, esse romance seria um decálogo de milhões de páginas sobre o sistema político de Cuba, como se a minha visão ajudasse a escrever o tratado que ninguém escreveu sobre a cubanidade na cubanidade.

É evidente que R não precisa de mim para escrever, que a única necessidade de R é educar a juventude perdida que prolifera em seu país e que tem uma lógica tão abominável sobre os fatos: "Mamãe, com ou sem cabelo, com tua permissão ou sem ela, R precisa de mim, precisa me comer como se eu fosse uma morta".

Agora lembro da minha primeira masturbação, acho que eu tinha uns dez ou onze anos, eu pegava o travesseiro e o colocava entre minhas pernas, me sacudia uma e outra vez acariciando meu clitóris infantil. Não tinha nada de errado em apertar o travesseiro e saber que não era suficiente, mas bastava, bastava para saber que eu podia continuar assim mais cem horas, sentir o travesseiro como se sente um marulho que não existe, mas que transmite uma espacialidade galáctica na buceta. Aos dez anos, com o travesseiro entre as pernas, eu me encontrava numa dimensão diferente.

Tenho várias ideias para uma peça, talvez abram de novo o teatro. Por enquanto não, dizem que por enquanto nada de nada, que vão fazer consertos, que vão mudar os contratos, dizem que tudo vai ser transformado, que não precisam desse espartilho para saber que tinha um parasita atacando as entranhas do Teatro Nacional. Talvez o abram depois desta semana ou no mês que vem, eu sei que vamos fazer alguma outra coisa, qualquer coisa menos *Lo duro y lo bando*, disso já não se pode falar.

Não quero deixar passar a vida sem fazer nada. Quero ter um salário igual a qualquer furão, como qualquer pessoa comum. Agora estou no meu limbo, no ar, agora estou caminhando em muitas direções que parecem ser a mesma mas não são.

Meu filósofo, o administrador, diz:

— Vamos falar de Foucault, que é tão empolgante.

Ele abre as minhas pernas em cima da sua mesa. Rasga minha calcinha, que é tão bonita e que tinha durado alguns anos. Dizem que não é recomendável usar a mesma roupa íntima durante mais de três meses, em Cuba isso não se aplica. Ele me vira de costas e não tenta ser cuidadoso, nunca foi cuidadoso, e minha pele tem se endurecido (como os furões fêmea, que depois de serem estupradas pela primeira vez acabam dividindo a comida com o furão macho). Ele me rompe e me arde tudo.

É excitante pensar em Foucault com essa dor. Penso em Tracey Emin dançando. Ele me abre e me fecha como um frasco de vidro que cai no chão e se espatifa, mas que volta a se juntar para voltar a cair, eu vou caindo e me desmontando e me reconstruindo para este teatro recursivo. Esses pensamentos não me paralisam, fico mais leve se enquanto me comem eu penso em arte ou penso em imagens como um prato quebrado ou penso na minha mãe e na gelatina, fico mais leve se me desconecto da cena, se me quebro com obediência, se finjo prazer, se me imagino voltando para casa sem calcinha, queimando as coxas pela umidade.

Minha cabeça pode estar em todos os lugares, exceto quando estou perto de gozar, é fácil para mim. Desde os dez anos tem sido fácil me distanciar do mundo quando vou ter um orgasmo, com o travesseiro, a mão direita, minha cabeça está em mim, está aí, o teto se abre.

— Vamos falar de Foucault e não da fome, que é tão pouco excitante.

— Eu tenho um segredo.

— Você não tem segredos. E se tiver, não quero ouvi-los.

— Eu quero te contar.

Eu deveria ter um segredo, penso, um segredo menos de mulherzinha. Se minha mãe convulsiona, eu boto o inseticida na boca dela, matar com o inseticida o efeito da língua sangrando e o buraco que fazem os dentes ao morder, vê-la morrer envenenada por sua própria luta, pensar nesse momento trágico porque os pensamentos fluem na minha cabeça como algo irremediavelmente simples e fatídico.

Ele bota inseticida entre as minhas pernas, talvez assim eu aprenda a não me achar ninfomaníaca e me adapte ao barro e ao suspense das ruas e à lei seca do proletariado que corresponde ao luto da semana. Hoje é quinta--feira. Limbo. Cativeiro. Limbo. Todas as quintas, para comer, inseticida.

Na verdade, eu não vim aqui para falar das tecnologias do eu nem toquei a campainha porque me interessa o silêncio dele, meu filósofo não me escreve faz dois meses e se apaixonou por uma atriz que mede dois metros e que não está apaixonada por ele. Eu vim para dividir a garrafa de vodca que peguei na casa do Lobo Mau faz umas horas, eu vim para fumar, para fazer esse exercício banal de submissão que serve para ele ir se liberando do que há de podre nele. Ele quer me dar com força, filosoficamente falando: a dureza exorciza o furão macho. Isso implica fazer girar meu clitóris e afiar a língua com a superfície metálica do espartilho sobre as minhas costas. Contar-lhe um segredo porque ele não quer escutar. Pensar em R, o tempo todo pensar em R e ficar envergonhada. Eu não vim por nenhum motivo em especial, nem sequer estava com tanta saudade. Caminhar. Correr. Comprar. Engolir. Falar. Os pés que cobrem a cidade. Morder. O tórax afundado. A música apagada. Tudo é silêncio. Tudo é penumbroso e triste e entediante. Um vulto de gente tentando morrer e rir e ser feliz. Urinar. Defecar. Limpar. Desde sexta-feira tudo é diferente, precisamente porque a minha realidade é imutável, tudo mudou. Minhas coxas estão melecadas, minha vagina ensopada, que sorte que tudo mude. Tudo muda uma e outra vez. Até as coxas mudam com o atrito, canseira sobre canseira, sexo sobre sexo, amante sobre amante, furão sobre furão.

Os "especialistas" chegaram ao teatro e fecharam as portas, esquecendo que as portas do teatro devem estar sempre abertas. Os especialistas são um tipo refinado de furão, daqueles que têm um poder imbecil que os engrandece. Meu filósofo e eu odiamos os especialistas. Esse filósofo não é nada importante na minha vida, realmente não é, mas foi meu namorado e administrou coisas do teatro, como martelos, pregos, pintura, tecidos, maquiagens e contratos de técnicos de iluminação e som. O que importa é o travesseiro, a decolagem, o corpo se arrastando porque convulsiona.

Ele me unta cuidadosamente com o inseticida e depois penetra falicamente julgando o momento como o efeito metafísico de seu pau, sua porra, seu pau flácido e sua porra coalhada, seu pau duro e seu alienamento pelo comunismo, o capitalismo e os mil platôs nos quais deixa que seu pau mude o mundo, que seu pau mude o mundo da cubanidade no mundo, do grande teatro da cubanidade no mundo quando morre o líder histórico da Revolução.

Ali eu penso que, para momentos como esse, seria melhor tomar uma droga que adormeça e deixe em pausa, algo imutável de verdade, que leve minha mente ao lugar dos meus onze anos, onde não havia seca, nem cansaço, nem limbo, nem os furões me rodeavam como rodeavam Alberto, para me fazer apanhar e apanhar. Agora sinto o vômito vir e tudo ao meu redor dá voltas, ou se abre e se fecha ou flutua como um trapézio, não sei nem o que bebi. Fora desse encontro, meu enfrentamento é com a vida sem teatro, como a vida sem ser vivida, como minha mãe e toda a gente comum que se deixa quebrar.

Saio da casa do meu filósofo para a casa de R. Hoje é quinta, mas quero me machucar. Ainda aguento. R vai me receber se eu chegar endurecida pelo furão, vai ficar feliz se eu chegar bêbada, ele fica animado com minha aptidão contrária à moral revolucionária.

16h − 18 de janeiro de 2020
Café Le Relais de Belleville

Querida Mary,

Acabo de pedir um expresso duplo, essa é a única forma de sentir que você está tomando café neste país. Hoje eu disse não pra ele, eu disse não porque não o suporto, ele é um velho ridículo, acha que eu sou sua posse, que não tenho desejos, que sou uma espécie de escrava. Não sei se te contei que no escritório tem uma feminista, vegana e antirracista que conhece a gente, diz que nos conheceu em La Habana. Bom, o mundo é cheio de pessoas que se conhecem e não sabem, indiretamente, conhecemos James Franco e Lady Gaga, você lembra daquela produtora que nos mostrou fotos com eles?, de alguma forma a gente os conhece. O único que eu queria ter conhecido é Kurt Cobain. Aqui fomos de penetra numa festa de cinema, era a estreia de um filme de François Ozon, Gérard arranjou uns convites. Lá estava aquela mulher belíssima, você já sabe, Marine Vacth, Gérard diz para todo mundo que eu sou uma dramaturga famosa e que me tirou de Cuba porque a *Seguridad del Estado* ia me botar na cadeia por ter escrito

Lo duro y lo blando. Ele inventa histórias e me faz repeti-las como se fossem reais, às vezes me olha com pena, outras vezes me olha com desejo, acho que ele pensa que sou seu pet ou sua propriedade, sou como um terno Armani muito caro que ele acaba de comprar, é isso que ele pensa de mim, que sou um tecido costurado com bom gosto e com uma etiqueta e um preço. Bom, a mulher do escritório me disse que ela achou que nós éramos namoradas, eu falei que a gente era irmã, eu não queria responder, mas falei isso porque foi o que saiu de mim. Então eu voltei pra casa, tirei os sapatos, tirei o casaco, me servi uma taça de vinho e me perguntei se a gente era irmãs, irmãs de leite, irmãs da vida, irmãs de sangue, pensei tanta merda enquanto matava a garrafa de vinho, porque um pensamento foi me levando a outro e lembrei que você me fazia sentir menos sozinha e que você me fazia sentir mais linda, que fazíamos bem uma à outra. Ontem fui dormir tarde, sozinha, sem tomar banho. Hoje tomei um banho quente e longo, fazia muito tempo que não tomava banho, virou um hábito isso, não sei, é como se com cada banho eu arrancasse o desejo por alguma coisa, como se a água tirasse da minha pele um pedaço de memória. Estive no museu Gustave Moreau pela terceira vez esse ano. Ali eu também lembro de você como uma irmã. À saída do museu, encontro algum amante. Gérard não pode saber, mas eu gosto de ir de *cruising* para onde for e pedir que me chamem pelo nome que meu pai me deu, às vezes digo Pamela e às vezes também digo o teu nome. Sou muito sentimental, e odeio o trabalho, odeio chegar ao trabalho e que me façam as mesmas perguntas e cheirem meu perfume e que depois desses anos ainda me digam, você já experimentou isso aqui? Na festa, eu fiz um escândalo daqueles que eu gosto, um cara ficou falando que Xavier Dolan era um imbecil e eu tive que defendê-lo como se ele fosse cubano. Não aceito que uns parisienses invejosos falem assim dele. Não consigo imaginar que tipo de cinema você anda vendo, a gente sempre via os mesmos filmes. O café esfriou. Te cuida. Abraços pra tua mãe e tua irmã.

A puta respeitosa

Poema dramático
Por Mary Guerrero
(Jean-Paul Sartre, uma das mentes mais
lúcidas do século, visita Cuba).

Você já deve saber da minha sorte de puta e vagabunda, minha sorte de personagem emblemática, um corpo emblemático num país emblemático que só conhece o teatro emblemático. Minha sorte icônica de puta e vagabunda num diário vermelho escrito por homens.

Eles suam e suturam com o queixo babado ficções emblemáticas acerca da minha dentadura e dos meus peitos. Eles têm passado as mãos em mim e falado que eu não sou uma mulher incompreendida. Têm falado que eu sou o ioiô nas mãos de uma menina. Têm falado que eu sou uma bola para ser rebatida com um fuzil. Vamos bater nela até que o vermelho dos seus lábios nos excite o suficiente. Têm falado que as putas não sabem nada de política, que as putas não conhecem nada sobre os planos de invasão à Bahía de Cochinos, têm falado que as putas não dominam a política porque o mais distante que tem da política é a prostituição.

Eu teria gostado de ser uma atriz famosa, e podia ter sido, e você não quer detalhes biográficos, você quer que eu fale sobre Miriam Acevedo, ou que eu mencione alguma atriz famosa que se passe por mim e pense que ser eu é viver a minha biografia, sofrer fazendo o sorrisinho para a sessão de fotos: "Puta, faz assim. Puta, toca-te assim. Puta, teus olhos, teus olhos pretos, teus carbônicos olhos de puta que não aprende a sentir assim, fecha eles, imagina que eu sou teu príncipe, imagina que entro em ti. Você é uma intrusa, puta, você é uma intrusa de saia, vamos tirar essas lágrimas crisálidas. Puta, deixa-te calar".

Você quer saber o que a minha história diz deste lugar, o que o fluido e o vazio podem explicar deste lugar, carnosidades e lágrimas não querem referir-se a este lugar porque este lugar emblemático não existe. Existo eu neste cenário, mas o lugar, a dimensão do lugar tal e como você a percebe, não existe.

Meu filme? Meu filme favorito? Como eu queria que fossem as minhas pernas? A primeira vez que fui ao cinema? O cinema? Eu te falei quando foi a primeira vez que me pagaram por sexo? Já te falei por que eu peguei esse trem? Por que eu não sonho ser mãe? Os peitos? Sexo bom? Por que eu sonho com meu filho, meu filho morto? Meus sonhos repetidos a cada noite? Com cobras?, as cobras... eu já vi serpentes e vi caretas e vi carnes e vi paus flácidos e senti toda esta irrealidade dos filmes no meu intestino, brincando de final feliz com minhas trompas, para chupar e chupar minhas próprias pernas. Eu posso amar quem for, posso me moldar para sentir prazer em peles, fechaduras, saborear remelas e empalidecer pelo gosto salgado do choro sobre o ventre, quero, quero um abraço tentacular, mãos em mim, dizem, esfrega esses olhos. Eu posso amar quem for porque a beleza não é estranha, não sou indiferente à beleza que se dissolve camada por camada.

O presidente veio ver a peça, *Happy Birthday, Mr. President*. Ele me diz baixinho:

— Quanta verdade nisso tudo. Que maravilha o teatro! Eu senti daqui, da minha luneta, a angústia de Lizzie.

E eu não me canso de estar condenada a uma personagem histórica do teatro cubano e tirar proveito da cortina câmbrica do teatro cubano *tan duro y tan blando*, me canso dos teus olhos e de tuas mãos atrapalhadas tocando meu quadril, moendo a minha carne, lastimando meu couro até tirar dele pequenas cavidades para vendê-las ao melhor lance estrangeiro, como uma ideia incalculável do prazer feminino caribenho.

Substitua o prazer pelo sacrifício do prazer. Substitua o sexo pelo sacrifício do sexo. Substitua o sentido pela sociedade disciplinada daqueles que não me conhecem, não conhecem meus buracos e a memória dos meus buracos. Substituir o amor pelo amor incapturável do meu cu em cima do Teatro Nacional.

Com todos esses furos em cima, eu caminho por aqui, caminho pela sujeira, caminho pela tua sujeira, caminho pelos teus ossos e pelo teu peito, caminho bordeando com meu clitóris o teu pau flácido. Não sinto nada, agora sim não sinto nada, de pronto, só padeço com a rigidez do teu amor. Na rigidez, o ridículo de tua campanhazinha. No ridículo, a rigidez do teu programinha. Não sinto nada. Nem quando me bato eu sinto. Nem quando brigo ferozmente pelos cupons de desconto do governo eu sinto. Nem os monstros ossificados eu consigo sentir.

Quero agradecer por tanto escândalo, tanto amor, tantas mulheres belas pisando em meu espírito, beijando meu espírito, se esfregando sobre uma personagem para criar algo parecido com a sensualidade de uma puta que esconde um negro que salva um negro e que esse é o ideal para a ideologia selvagem do bem todo-poderoso contra o mal todo-poderoso. Sobre qual lugar do bem e do mal as putas põem seus olhos.

Quando eu cheguei a esse lugar, o barulho era diferente, as pessoas curtiam outras coisas e eu me sentia acolhida, depois foi lindo, deslumbrante, tenho lembranças exatas do sucesso, do barulho de aprovação:

"A puta está aqui. A puta é nossa. A puta é a puta nacional. A puta respeitosa é a puta mais puta das putas com direito a ser cubanas. Viva essa puta, que essa puta abra a boca, que essa puta chore, que essa puta beije, que essa puta reivindique o lugar da mulher, que a puta história não caiba no inchaço das putas nádegas golpeadas pela puta seminal que diz, abro e engulo e chupo e engulo. A puta diz se machucar com uma cenografia que é uma prisão. A puta agride o teatro mimético-representacional com um lenço *a lo* Simone. A puta diz saber que o amor está em perigo, que a revolução está em perigo, que o prazer está em perigo e que o homem está sempre forçado a decidir".

Sartre chegou e se sentou e disse, inaugurei outro capítulo na história, bebê, disse que podia me cuidar, limpar meu cu, chupar meus mamilos, dizer, bebi de ti o futuro desta ilha e ele me parece sadio, me parece limpo, vamos fazer uma foto e dizer, me dá leite de vaca, bebê, me dá futuro de federada*, bebê, me dá uma esquina na qual botar o cu para devorar nossas línguas mutuamente e tirar de nós a doçura pela pura lambeção e pelo puro desejo contracultural, abre-te em dois como um compasso e recolhe do chão uma batata doce e tira a terra vermelha com as unhas dos pés, e chupa-te um teatro inteiro, os espectadores do teatro que dizem:

"Eu não sou trouxa. Eu não me acho. Eu não sou medrosa. Eu não embucho. E você bota a buceta na córnea dos espectadores e diz, eu sou tão fraca, Sartre, sou tão fraca, sou tão fraca porque não tenho comida para o meu filho, não tenho nada, sou tão fraca, porque eu caminhava nua em *La Celestina*, sou fraca porque conheci Fidel numa festa e eu pedi me leva contigo, me dá um abraço, Fidel, e quis ser Charlotte Corday mas me deixei arruinar os peitos.

"O movimento dos atores é lento, Sartre, mas eu não estou atuando, eu escrevi em meu diário e dizia:

---

* Pertencente à Federación de Mujeres Cubanas (Federação de Mulheres Cubanas). (N.T.)

"EU SOU UMA PUTA. EU SOU UMA PUTA. EU NÃO SOU TROUXA".

O que eu penso do porco do Fred? O que eu penso do porco do Kennedy? O que eu penso do porco do Fidel? O que eu penso do porco do Sartre? Quem mais eu odeio é o senador, me deito com este negro puro, tomara ele tivesse me abraçado mais um pouco, tivesse me apertado contra ele, a única coisa que não achei cruel neste lugar são os olhos deste negro, a única coisa pura é o futuro do negro nos meus olhos.

Penso em seus filhos, um monte de filhos a quem dar de comer, a quem fazer sonhar. Você saberia amar um filho com o mesmo sobressalto com que pode amar cada parte da tua vida, cada pedaço de carne própria que botas na tua boca?

Abrimos a boca e recebemos o futuro dos machos que fazem a revolução, os machos que dizem: abre a boca, muda essa cara, abre os olhos, muda esse cabelo, muda esse corpo, muda tua voz, muda tuas contorções, voa brincalhona pelo ar e grita, viva, viva esta Revolução, que o ar levante teu vestido, que o sêmen caia sobre ti e que você goste, porque você é puta e as putas não podem fazer uma revolução.

Eu sonho com Marilyn quando fecho os olhos, quando, ainda por aqui, eu tomo este drinque. Sonho com serpentes e minhas serpentes sonham com como te responder.

As serpentes estão me rodeando, se enrolam nas minhas pernas e me deixam aqui, sempre fazem a mesma coisa. Ruas, esquinas, rampa acima, rampa abaixo, Infanta e Carlos II, Reina, ruelas sujas, sangue, vômito, estupro, droga, álcool, um policial acha o cadáver e diz: mas essa aqui não é Marilyn, isso é inconcebível, essa aqui não é respeitosa, essa tem a culpa de que o mundo esteja do jeito que está porque essa aqui não é uma mulher, é um homem vestido de mulher, olha ela, não precisa mostrar o estrago que os homens fizeram com ela, as costelas abertas, não precisa mostrar esse corpo nas notícias.

Quando você é uma personagem, você não escolhe mais onde quer estar, simplesmente o tempo decide por ti e os homens, diretores, presidentes, dramaturgos, ditadores, professores, acadêmicos, escritores, dizem: "Ela é apenas uma grande puta".

Você é o resto, a sobra de um pensamento, o vazio de uma falsa representação, é a mercadoria da vez, a baía patriarcal dos campos de concentração e as piadas que são feitas na Ucrânia sobre os olhos das mulheres que nasceram empoderadas, socialistas. E quando abrem a boca por mim, não sou eu, não sou eu quem fala quando dizem um nome, quando dizem meu nome, e eu abraço este corpo negro que vou proteger.

Eu queria dizer que estou viva.

Eu não sou uma filha pródiga. Por isso fiquei aqui, não podia voltar, não seria bem recebida, não importa quantas vezes eu repetisse a dose, não podia mais voltar. Poderia te falar da minha irmã, todas somos irmãs. Ele ria dela, cuspia nela, não me deixava chorar, nem respirar, ria de mim, caçoava das duas, repetia esse gesto revolucionário, vamos cortá-la pela metade até que morra realmente como a puta que é. Peguei a arma que eu via no bolso dele, peguei a arma que eu via no bolso da calça jogada no chão. Atirei na cabeça. Minha irmã morta, os olhos brancos. Os caras batiam à porta porque ouviram o disparo e queriam me matar, eu pulei pela janela e peguei o primeiro trem.

Minha irmã entre as serpentes cuspindo barbitúricos, justifica os meios para que *Lunes de Revolución* diga: esta é a nossa puta e é a puta que é contra o capitalismo.

Minha irmã, entre as serpentes, oferece mamadinhas econômicas em Malecón e 23, justifica os meios para que o tráfico sexual clandestino prolifere como ilusão de liberdade sexual e proletarismo solidário.

Minha irmã é o Teatro Nacional e tem a língua para trepar livremente em cima de um tabuleiro onde se lê: VOCÊ É O RESTO.

Minha irmã usa uma máscara e quer escrever poemas para justificar seu ser morno neste espasmo atemporal do socialismo acrítico em que foi criada: "Você é o resto".

Mulheres, putas, restos, se calam, repetem, cegas, dizem, aqui está o filho negro incriminado, aqui está o ato de satisfação do autor quando se senta no Teatro Nacional e passa a mão pela minha cabeça loira, descolorida, pela indiferença que eu tenho sentido neste lugar quando menciono meu nome e choro como uma cobra despedaçada a facadas num lugar que se chama Puriales de Caujerí e que ninguém conhece, a não ser minha irmã e eu, que escrevemos este diário.

"Lizzie acaba de se mudar de Nova Iorque para o sul dos Estados Unidos. Está em seu apartamento com um homem. O homem negro bate à porta. O negro é um homem a quem estão acusando de um crime, Lizzie viajava no trem. Lizzie é a única testemunha que pode ser a favor do negro.

"O negro faz ela prometer que vai dizer a verdade para o juiz se a chamam para declarar; ainda que Lizzie não queira problemas com a autoridade, promete que vai dizer a verdade. O negro vai embora".

16h — 18 de fevereiro de 2026
Café Le Relais de Belleville

Querida Mary,

Eu e meu namorado estamos fazendo terapia faz umas semanas, por isso não vim mais ao café para falar contigo. Vamos tentar adotar. Eu quero ser mãe, mas não sei se estou preparada. Me pergunto se você já é mãe. Não consigo te imaginar. Me custa te imaginar. Ele acaba de se mudar para meu apartamento. Na verdade, o apartamento é do Gérard, mas posso seguir ocupando-o o tempo que eu quiser, ele não se importa se eu viver aqui por uma eternidade com outro homem. Meu namorado é muito mais novo do que eu, mas tem dinheiro, aqui qualquer um herda uma vinícola. A família dele não me conhece, ele diz que não estão preparados. Pela segunda vez na vida me acontece isso de ser um fenômeno para a família francesa do meu namorado. Eu não me importo. Ele é muito frágil, diferente do Gérard, ficou muito sozinho todos esses anos, a gente se entende, quando eu o conheci ele acabava de sair de reabilitação, mas isso eu já te falei, é que agora eu penso que, de alguma forma, a única coisa que a gente tem feito é se cuidar e por isso precisamos de um filho para expandir esse cuidado, só para nós dois está sendo demais. Ele reclama do meu silêncio na terapia, diz que sou silenciosa e o terapeuta assegura que isso revela uma nostalgia ou um medo porque eu sou imigrante ou porque sou trans, diz que preciso de ajuda psicológica, e que com certeza não tive ajuda psicológica adequada no meu país. Eu fico quieta, e então lembro que eu era muito forte e falava o tempo todo, tenho a sensação de que eu não calava a boca, e agora sou silenciosa, falo só o necessário e não discuto pelas bobagens que se discutem aqui. Não tenho interesse em falar de queijos, vinhos, não tenho interesse em falar de Cuba, nem do que está acontecendo naquele país, não tenho interesse em nada que não seja ele, os desejos dele. Acabamos de contratar uma pessoa para desenhar o quarto do bebê, não sabemos onde vamos achar um bebê, mas já imaginamos nomes. Pensei no teu nome, mas não falei em voz alta porque ele não vai gostar. Penso que esse silêncio se deve ao fato de eu não ficar confortável falando em francês, talvez tenha a ver com a língua, há idiomas nos quais você pode falar e há idiomas nos quais você quer fazer silêncio, porque nunca vai conseguir dizer nada honesto. Às vezes me acontece isso, depois de falar em francês todos esses anos as pessoas ainda te corrigem e dizem: eu não entendi você. Te dizem: isso que você falou não faz o menor sentido. Acabei de imaginar você e tua mãe morando aqui no meu apê.

Me sinto um pouco sozinha, eu só quero que ele me toque, que ele me coma, que me diga: você é a mãe do meu filho. Só isso que me faz bem, você acredita, como se todos esses anos eu só tivesse estado esperando vir para Paris para satisfazer os desejos de um menino que quer ser pai porque quer cuidar de alguém. Eu só quero cuidar dele, quero que não tenha pesadelos, que me ame, que me imagine nua, que me beije o corpo todo e que bote saliva nos meus olhos para eu ver tudo melhor. Eu suponho que o amor é isso, o que sinto por ele agora, como antes senti por você. Uma vez eu te disse que não tinha certeza do amor que nós tínhamos, uma vez eu te disse, mas eu estava errada, tenho certeza de que ele é a única coisa real que eu senti em toda minha vida.

Estação

A gente tem poucas coisas de valor. Minha mãe não herdou nada suficientemente bom da família dela. Minha mãe não merecia uma louça antiga, não merecia uma lembrança valiosa que pudesse ser tocada, trocada ou entregue a um antiquário com disposição para o roubo. Esse país é que nem a minha mãe. A cidade imunda e os furões simulam que podem viver sem álcool. Não vejo nada heroico em me abster, vejo mais heroísmo nos viciados porque eles se reconhecem, se cheiram. Fidel deixou esse legado: o vício. O poder é o maior vício que já se inventou, e ter uma herança familiar importante é sinal de poder absoluto. Eu não sou capaz de amar um herói que exige assinaturas e acordos, que impõe a doutrina. Hoje é quinta-feira, não é *Domingo de la Defensa* e, desde o Ensino Médio, cultivei meu desapego por qualquer decisão social coletiva, sou alheia ao movimento dos furões, à multidão, ao desígnio de um povo que enjoa. Ninguém pode me impor um jeito de ser.

Eu me movimento sozinha. Minha mãe e minha irmã se movimentam com o resto dos furões. Esse é o caminho mais fácil. Eu gosto de permanecer isolada.

R tem tantos objetos de valor em sua biografia familiar que chega a ser imoral. Não me refiro a um livro ou a quadros de copistas, estou falando de objetos de colecionador. Fidel nu e com o peito cheio de pelos e com a voz apagada e a mão tremendo. R e Fidel reunidos na santa ceia. Agora se tornou pó sobre o asfalto, e milhares de passos marcham sobre seu legado, é isso que eu penso, penso nas pessoas que pisoteiam um legado porque verdadeiramente não importa, nada importa, pisotear é o caminho mais fácil. O legado da minha família é um álbum de fotografias. Não vamos ter muito lucro, a gente aceita e supera isso.

Não soube mais de Mayuli mas dizem que nunca bateram nele, que na verdade o mandaram para a cadeia. Com certeza é porque o quartinho da Humboldt sujava a imagem desta Revolução, fazendo festas inomináveis apesar do luto nacional e permitindo que os homens assumissem o tráfico sexual como uma luta socialista: furões em cima de furões, machos em cima de machos, estrangeiros em cima de furões, machos em cima de estrangeiros. O furdunço da Humboldt era desmedido.

Na cubanidade não temos relíquias sexualmente perturbadas, temos um herói idolatrado pelos furões, não há tráfico de carne, não há nada. Aqui a gente tem bustos. Por isso os homens amam de forma tão vaga, o ideal amatório deles é uma mulher desacordada, desmaiada, inconsciente, sem memória. Essa mulher é Cuba, marmórea, quieta, deixando-se pisotear por essas multidões de furões, enquanto bebem seu chá.

Os furões, R e Fidel pensam igual sobre mim, que sou fraca, acham que podem me comer e eu fiz eles acreditarem nisso, até agora não fui nada contrassexual e minha lógica reproduz a lógica das bonecas de papel e a lógica da minha mãe com o cobrador da luz: eu também me deixo impor um dever ser, caminho me pisando, faço uma leitura lerda como se estivesse lendo o medidor da luz.

Na primeira vez que R entrou em nosso quartinho, minha mãe vinha sorrindo desde o corredor e minha irmã falava ao telefone com uma amiguinha sobre as novelas coreanas que elas alugavam. Eu estava na sala lendo os diários de Katherine Mansfield, com a ideia de fazer uma peça com a Pamela. Minha mãe abriu a porta de supetão com uma gargalhada. Foi assim que ela apresentou para ele sua filha artista, o sentou à mesa, tendo o cuidado de lhe oferecer a cadeira correta, aquela que não precisa ser consertada. Cravando os olhos em mim, em sinal de evidente cumplicidade, minha mãe me vendeu com uma destreza superior à das mães que aspiram fechar um acordo matrimonial na África. R achou que eu devia ser mais feminina, que tinha um estilo hippie descuidado.

"Ela se formou em Design Cenográfico no ISA, mas essa menina escreve poesia desde que eu me lembro. É muito inteligente e dedicada".

R olhou o livro e soltou alguma imbecilidade machista. Eu repetia na minha mente: "comprimidos de guaiacol e balimanato de zinco". Não sei por que, repetir essa frase servia para me proteger dele. R deveria estar desfilando, deveria estar dando entrevistas, deveria estar devastado e triste com a imagem do corpo de Fidel. Mas R é um hipócrita.

R me encarava e como eu não respondia suas perguntas e me limitava a ler os manuscritos em cima da sua mesa (a única ternura verdadeira estava nesses manuscritos com cheiro de máquina de escrever), eu deduzi que alguma coisa em mim lhe inspirava confiança, de alguma forma eu compartilhava com ele algo de podridão e algo de escrita envelhecida.

Minha mãe, cumprindo com seus princípios de miséria e cegueira, me apresentou como uma receita de comida, me deu um empurrãozinho, me disse para ir visitá-lo no domingo, que o ajudasse com o livro, com seus roteiros, com suas novelas, que saísse do teatro, que é um mundo de veados e doentes e putas. Ela preferia me juntar com um militar reformado, proprietário de uma casa de dois andares, a casa onde o furão escreve ficções para editoras de que eu nunca ouvi falar e das quais Fidel se sentiria orgulhoso; ela preferia me ver nesse lugar.

Assim foi selado o acordo bilateral entre meu mundo de designer hippie e o mundo de R. Não levantei a mão, nem dei meu voto, só pensei em Mansfield bebendo leite de cabra para suportar a solidão, imaginei Tracey girando e girando, coloquei agulhas nas minhas mãos, e pensei: "Não pode ser tão difícil ler manuscritos de um velho chato". Naquele momento eu tinha ensaios e palavras. Agora tenho uma sensação miserável. A sensação de não ter uma herança familiar e de que esses manuscritos zoam com a minha cara, me acham insuportavelmente vulgar. Eles não gostam do cheiro da minha vagina usada. Nessa quinta o encontro foi como uma despedida.

R costuma mexer o whisky com o dedo. Às vezes finge que existe intimidade entre nós:

— Na tua idade eu estava sempre ocupado.

— Não sei. Eu só consigo te imaginar com a idade que você tem agora.

— O que você tem vontade de fazer?

— Eu quero mudar esse momento.

— O que você quer mudar?

— Não sei. Eu.

No domingo seguinte eu voltei para casa dele, não sabia o que me esperava, não sabia que algumas vezes o sol, o tabaco e os manuscritos esperavam esse dia para debochar de mim. Os objetos, as heranças familiares, *nécessaires* e formas antiquíssimas da memória, simulam não se importar com minha irreverência: talvez eu devesse ter seguido o rebanho, talvez eu o estivesse seguindo. Só quem verdadeiramente se lembra são os objetos e os manuscritos, o resto é esse movimento em círculos, limbo, ideal falido, final e princípio de todos os domingos.

Quinta-feira, R me fala sobre nada.

No domingo, R vai me falar de um romance que estava escrevendo sobre a guerra de Angola, me disse que ia abandonar tudo por esse romance, que a cinebiografia precisa de tempo. Vai me servir uma xícara de chá. Vai me olhar com tristeza, sem sorrir, sem me deixar com essa impressão dos dentes dele. A casa dele é a casa com mais objetos de valor que eu já vi na vida. Isso não me faz sentir miserável, me enche de alegria, a alegria de uma pobreza tão grande que é inabarcável. Eu desejei que nunca chegasse esse dia em que minha mãe fosse a única culpada de tudo, mas não é domingo, ainda não aconteceu.

Chego em casa cambaleando, outra quinta-feira triste e a programação televisiva debochando de nós.

Minha irmã se aproxima. Vejo em sua cara que é incapaz de sorrir, as bolsinhas em seus olhos são a prova de que esteve chorando.

— Tata, vem dormir comigo. Estavam lindos os poemas, são teus?

— São de um velhinho, eu peguei dele.

— Dorme comigo, estou triste.

— Aconteceu algo com teu namorado?

— Vai, vem dormir comigo.

Humboldt: um bar para veados e garotos de programa. Um inferninho. O apartamento de Mayuli está no outro quarteirão, então o serviço de aluguel para o intercâmbio cultural é idôneo. Era, porque Mayuli já não volta. Não se sabe de nada, mas o negócio está feio. Amo a decadência deste bar. Amo Alexander von Humboldt escrevendo sobre esta ilha. Em seu livro *Ensayo político sobre la isla de Cuba*, ele menciona a lama, menciona a escravidão, menciona a mim e meus amigos decadentes, que se deixam penetrar e dizem ser bichas para dar algo mais do que escuridão à noite cubana. Essa semana o bar não vai abrir suas portas. Entramos e nos sentamos no palco. Entramos e cantamos no karaokê. Beijamos vinte caras lutadores, nos juntamos aos jovens promissores da fauna cubana. A flora do Humboldt cospe em nossos ouvidos. Eu perdi os brincos e os piercings no Humboldt, perdi a vergonha entre tantos veados, travestis, bichas, mariconas, boiolas, cadelas: *Ecología política sobre la isla de Cuba.* Pena que eu não consegui ir essa semana. Pena que Mayuli e R não se conhecem, flora e fauna secundárias.

Já é sexta-feira, outro dia, Pamela me chama, diz que Gérard, seu amante novo e francês, quer nos convidar para um almoço e falar de um projeto artístico. Minha mãe sai com seu uniforme. Minha irmã sai para uma homenagem com seu uniforme escolar. Acho que vou explodir, há tanta inconsciência e inocência por trás da uniformidade que, para além da graça, me sinto distante do que dizem os uniformes: nós criamos uma forma de vida em série e a colocamos sobre vocês.

Gérard pergunta como estamos com o trágico acontecimento: a primeira gargalhada da tarde. A gente não se importa realmente com nada, a maior parte do tempo estamos pagando de intelectuais e isso nos faz bem, como as drogas.

Gérard foi o primeiro a saber, ele diz. Enquanto eu pulava na festa da *Muestra de Cine Joven,* ele saía da Fábrica de Arte Cubano por conta da notícia. Ninguém acreditou nele, os policiais na rua queriam bater nele por ser um estrangeiro dissidente, as poucas pessoas que sabiam estavam como a minha mãe, vendo um filme de ação ou vagando pelas ruas.

Pamela e eu não tínhamos nem lágrimas, nem grandes discursos opositores, não nos sentimos preparadas para tanto, estávamos tristes porque o teatro estava fechado fazia um tempo, essa noite minha mãe tinha sofrido uma convulsão muito forte e eu só tinha cabeça para isso.

Gérard supunha que a gente estava há uma semana sem beber e sem fumar, mas tínhamos fumado e bebido por Cuba inteira. Neste restaurante turístico nos servem cervejas com a desculpa de que, se somos estrangeiras, então está permitido. A mulher que nos atende olha com malícia para Gérard. Gérard olha para Pamela como se ela fosse uma fruta exótica. Eu leio o cardápio e penso que é indigno pagar tanto por alguma coisa.

Peço um prato extravagante, o mesmo que Pamela. Gérard pede um filé de peixe. Um brinde para ocultar minha tristeza e minha culpa. Um se fazer de doida que sempre dá certo neste tipo de almoços. Gérard está super envolvido com a arte jovem, ele quer que a gente lhe fale sobre projetos contemporâneos e que usemos palavras contemporâneas, sempre dá um jeito de conectar coisas, ideias, escuta extasiado e disposto a colaborar. Eu gosto disso. Imagino ele nu, sei que ele não vai dar bola pra mim, mas eu gosto de imaginá-lo assim, vivendo uma passagem de *El mundo alucinante*, o romance de Reinaldo Arenas.

Melhor seminu. Seminu e um pouco cândido por acreditar em nossos projetos, por acreditar no progresso da terra, por ser tão bobo. Seminu e bobo Gérard, querendo nos dar uma demonstração de bom gosto. Como a gente vai avançar, Gérard? Eu não vou me mexer, quero me transportar a um lugar e ficar lá sentada até isso tudo passar, é isso que eu quero, Gérard, a imobilidade.

A garçonete que nos atende saiu de uma novela brega, especialmente daquelas novelas de quinta categoria que passam na TV cubana e que hipnotizam ao ponto de se tornarem o único assunto de conversa de um país, como aquelas coreanas que a minha irmã disfruta orgasticamente. Imagino que a língua brega é a língua obrigatória para falar conosco e nos atender com seu sorrisinho falso que me lembra a falsidade do meu corpo toda vez que faço sexo. Melhor é fazer sexo com desconhecidos, não dizer uma palavra, isso reseta o corpo.

Gérard sabe que Pamela e eu conservamos uma parte de nossos cérebros, a gente reclama e vive na miséria, mas temos a ilusão de que este mísero movimento para lugar nenhum não é real, é apenas uma transição. É lindo pensar nele seminu. Lindo. Sobretudo porque é uma pessoa espiritualizada e com verdadeiro senso crítico, conhece o estado larvário da nossa cultura e também o sistema precário em que se organiza a cultura, ele quer nos apoiar porque nos vê sorridentes e tristes e jogadas ao propósito de fazer sem chamarmos tanto a atenção. Vamos fazer sim. Uma performance cênica a partir da correspondência entre Julián del Casal e Gustave Moreau. Gérard acha bonita a ideia. Gérard trocaria esta comida por comer o cu da Pamela, sua boca deve encher de saliva só de imaginar.

Eu queria fazer uma versão de *A prostituta respeitosa*, de Jean-Paul Sartre, mas eles optaram por um tema mais poético. Eu, depois de umas cervejas, achei tudo bom, além disso, não há nada mais triste do que Julián del Casal, que nunca pôde ser feliz.

Então Gérard sorri. Quando trazem a conta, já estamos bêbadas e misturamos uma e outra coisa e falamos bobagens até sobre música. Gérard acha muito engraçado, como as pessoas vão nos olhar na rua agora que estamos bêbadas e eles não, como vão nos olhar enquanto caminhamos até o Vapor 69 agora que bebemos levedura suficiente para inchar os nossos estômagos e nos sentirmos inflamadas do privilégio de sermos tratadas como estrangeiras.

Pamela e eu ocupadas com dois artistas do século XIX e não com um político do século XX que morreu em paz no XXI, algo que muitos outros políticos não tiveram a alegria de ter, uma morte pacífica. De certa forma, meu avô não morreu em paz, sua morte alargada consumiu durante um ano, aos poucos, sua vida, seu caráter. Esta é a última vez que eu vou ver o Gérard, eu não sabia naquele momento, mas agora sei que essa é a última vez que Pamela e eu conversaremos com ele, e não vai ter peça nem vai ter turnê internacional, como ele mesmo propôs. Pamela e Gérard vão se encontrar de novo, as coisas vão ficar estranhas. Nesta mesa, desde o começo, eu era a mosca, a puta que metia a colher.

Pamela e eu vamos caminhando, são umas duas horas de caminho até a casa dela, mas não temos dinheiro para um carro, e não estamos em condições de pegar ônibus, na verdade estamos enjoadas e preocupadas, e o problema com a casa de Mayuli era mesmo para estarmos assustadas (eu tinha acabado de perceber uma relação imaginária com aquele espaço). Ambas temos a mesma noção vaga sobre o perigo, como diria minha mãe, não medimos as consequências, não sabemos julgar por nós mesmas a desgraça que atraímos por conta da conduta parasitária da nossa geração. Não sei dizer por que eu quase não pensei nisso, realmente não sei, é como se Mayuli não existisse para mim, como se eu não pudesse juntar tudo o que senti por ele num mesmo pensamento e querer ir até a polícia para salvá-lo.

Nessa noite eu conheci a Jara. Algo de feliz aconteceu.

Pamela não gostou dela de imediato, mas Jara me tirou do limbo.

Ela não é um furão, é uma mulher com o nome mais musical de toda Cuba, que aprecia os silêncios longos e os risos contaminantes de uma festa e, ainda que aprecie isso tudo, não fecha os olhos: Jara, a editora. Jara, a conhecedora.

Conhecemos ela na casa de um fotógrafo de cinema que queria fazer uma festa secreta. Lá estava ela, com o cabelo solto e super relaxada, não sei, uma felicidade abundante que fala contigo facilmente. Pamela de cara já falou que era cafona, mas eu vi outra coisa e gostei dela. O que diria Simone de Beauvoir da minha conduta, da minha cabeça, do meu sexo? Ela sentiria pena, com certeza, Jara me olha com pena.

Gérard: é um colonizador. As colônias são derivadas da agulha e do açúcar. O colonial é o desgaste de um país que sempre foi colônia de alguém, de um produto moral, de uma ideologia dominante, de uma certa repetição neocolonial que começou pelo extermínio e que se sustenta pelos furões. Eu gosto dos colonizadores que pagam almoços. Sua retórica pobre. Sua noção comunista do mundo enquanto comem caviar. Eu gosto dos colonizadores com o cérebro tingido de ideais. Chegam ao país e querem decolonizá-lo da sua própria ignorância. Eu gosto da alegria e da inocência com que um colonizador te faz sentir que você não é inteligente, que você é um resto, uma espécie de cerimonial da obsolescência que é pertencer a um lugar onde toda sensação de mudança parece colonial, colonial o amor e colonial o luto. Gérard quebra todas as regras porque é um colonizador. Minha mãe e eu pertencemos ao submundo do nada, aquilo que dividimos também com os furões, incapazes de serem conscientes de sua literalidade. Somos da comuna dos nadas. Gérard vai tirar Pamela deste país, falou para ela na mesa: se você quiser ir embora de Cuba eu te arranjo uma residência em Paris. Nesse momento eu soube o que estava por vir e o que ficava para trás.

Não, não estava claro ainda que nunca iríamos fazer a peça sobre o pintor francês que não entendeu o amor do poeta cubano. A gente tinha conhecido Gérard no Humboldt fazia apenas umas semanas. Lá falamos de arte até que ele foi embora com um carinha que dançava lindo. Naquela noite Pamela não deu bola para ele.

A censura. A censura começa por um tema. Termina com a morte. Uma lógica de subdesenvolvimento e podridão penetrante demais. Esta semana em que os furões aproveitam o luto para ter algo de protagonismo, eu queria cagar nas suas bocas censoras. Nenhum deles até agora me ajudou a carregar minha mãe para levá-la ao hospital. Um deles propôs, com seu analfabetismo, enfiar uma colher na boca dela. Outro garante que botar uma faca quente na nuca acaba com a convulsão. Minha mãe, transformada em um furão. Meu teatro fechado. Deixar o teatro aos furões, a poesia aos furões, as decisões aos furões machos. Há muito tempo são eles quem dizem pátria e dizem epilepsia.

Acordar com ideias pessimistas tem se tornado um hábito.

Yaneika me disse: "Você é pessimista demais, a vida é um segundo e temos que aproveitar, menina, olha essa vida longa que você ainda tem pela frente".

Alberto, com sua morte, me disse: "Isso aqui já é um buraco sem fundo. Vamos cortar as nossas gargantas na área esportiva. Vamos ficar com esse gosto de amor impossível, porque o que vem depois é a morte, e ninguém gosta disso".

A peça que estávamos montando no teatro era sobre um acampamento de apátridas. Foi um espaço para trabalho agrícola desenhado pelo Governo cubano. As famílias ou as pessoas que queriam ir embora para os Estados Unidos, através dos voos diretos que saíam de Varadero, deviam esperar sua vez fazendo trabalho forçado naqueles acampamentos. O mais semelhante à prisão, ao panóptico, à miserável dominação-furão que está ligada à "uniformidade", à "concentração" e à "contingência" do que se acredita ser *duro y blando.*

Eu nunca entendi direito o que há de social em doutrinar (é algo próprio da humanidade). Os corpos tratados como bestas são executados lentamente. As vidas tratadas como peças de xadrez são eliminadas e esquecidas vorazmente. Não quero pensar no que minha mãe sentiu quando censuraram a peça e fecharam o teatro, porque minha mãe só pensa no tremendo fracasso que eu tenho sido para ela e para todas as doutrinas sobre o bom e o bonito.

Talvez tenha convulsionado por conta disso, porque tem medo do que pode ser de mim e do meu futuro, talvez a doença dela seja eu e por isso não apareça o foco epiléptico em nenhum diagnóstico.

Pelo menos não houve um ato de repúdio, não foi tão bombástico, simplesmente botaram a gente para a rua e falaram: "Procurem alguma coisa melhor para fazer do que essa birra sobre o passado. O teatro está entrando em reforma capital e as obrinhas de arte também".

A língua ficou preta e dos ouvidos saía uma pasta preta e do sexo gotejava um sangue preto. Os furões têm o poder de tornar tudo preto, até o amor. Mas essa frase é da Pamela, acho, ela é a dramaturga, não eu, ela tem talento para as palavras e eu não, eu sou apenas uma designer que acha que o momento pode ser entendido com umas poucas leituras e com um olhar crítico sobre o poder, muito pessimismo e muito pouco controle sobre o que o corpo deseja.

A censura não passa pelos ouvidos da minha irmã adolescente. Minha irmã, que teve sua primeira vez num acampamento José Martí de Ensino Fundamental, e que voltou semiacordada daquele lugar: ela não sabe que eu conheço o segredo da sua virgindade, eu própria tento esquecer disso para respeitar o fato de que ela tem um tipo de adaptação conveniente ao mundo que a gente inventou.

A boca da minha irmã tingida de vermelho e quando ia tomar banho ela cobria as marcas e dissimulava cada passo, como se ocultasse o valor patriótico do seu corpo, uma criança de catorze anos voltava transformada em outra coisa, voltava confusa e me deixava assustada, mas eu não disse nada, apenas olhei para ela e lembrei de como eu me senti sozinha no dia que alguém encheu um quarto de pétalas de rosas e botou uma música terrível do Chayanne e eu fiquei de pernas abertas numa cama me perguntando se tinha valido a pena ter esperado até aquele momento e se fazia sentido repetir aquilo.

Quando minha irmã voltou da escola no campo, eu estava esperando ela para dormirmos abraçadas.

Dá na mesma. Nem todas somos meninas com a ilusão da primeira vez. Nem todas amamos o travesseiro aos onze anos e aprendemos a esfregar a nossa consciência nele. Acho que eu já estou cansada, sem sequer viver, sem sequer resistir ou lutar, que venham os furões e me danifiquem, eu não me importo.

A primeira vez nas *Unidades Militares de Ayuda a la Producción, UMAP*. A primeira vez cortando cana e plantando inhame. A primeira vez que gritamos "Escória!"*. O primeiro ovo na primeira mão. Agora levam flores e usam chapéus escuros. O animal morreu e eu só sinto pena, ou não sei o que sinto, porque não consigo elucidar se o que percebo é consciente ou é uma simples careta que ressoa dentro de mim. Eu faço caretas, caretas de ódio para fotos de coleção.

Mayuli me disse que a censura era como ver o prato de comida e tirar os temperos com a mão, numa espécie de rejeição da receita, um gesto de nojo pelo conteúdo servido. Mayuli diz que sempre sobram pedaços, porque a comida já está feita com eles, não há como mascarar o gosto.

---

* Em Cuba, xingamento que se transformou praticamente numa gíria oficial, partidária, e estendida ao uso popular, para designar os cubanos contrários à revolução ou aos valores entendidos como revolucionários. (N.T.)

Vou até um parque com wi-fi para escrever. Escuto.

— Isso aqui é um acampamento de apátridas?

— Cartão.

— Menina, você quer comprar um cartão?

— Menina, você é *freaky* ou sapatona?

Aqui não penetram os furões. Aqui não penetra o tempo da minha censura. Aqui não penetra o mosquito. Aqui não penetra a fritura. As pessoas vêm exorcizar sua morte e sua farra. Um desfile, um coro de vozes, o sol e a reunião familiar resumida à tela do celular. O que se escuta. O que se cultiva. Chorar e não chorar. Manda-me dinheiro. Manda-me os sapatinhos de rosas. Manda-me uma foto. Eles estão falando com sua própria ausência: ante esse espetáculo vital, que poder tem a morte de um homem. Quero sumir.

Todos estão conectados à internet num parque. Vociferam sua lástima. Uma velha senta do meu lado, como eu não tenho dinheiro para comprar um cartão pré-pago, estou aqui sentada, simplesmente sentada pensando em quão desagradável é Centro Habana sem música. Mas eu sou como essa cidade, como esse bairro, me deixo possuir por qualquer um e não só aos domingos. Minha mãe anda com sua malinha visitando as casas e exigindo que se unam à marcha, ao luto oficial, à grande festa. Minha mãe põe um pouco de inseticida a cada dia no meu prato, com a esperança de que eu mude.

Se eu me deixar tocar por um furão, eu viro um furão? O primeiro furão? A primeira pedra? Existe uma realidade paralela na qual ninguém censura ninguém e a gente é feliz? Existe uma realidade paralela na qual Mayuli não está na cadeia? Existe uma realidade paralela na qual eu não sou uma apátrida também? Existe aquela dimensão na qual a peça estreia?

De alguma forma é bom que meu pai tenha me abandonado, eu sou a ovelha negra, a pura representação do que deve carregar uma mulher, uma mãe, uma doutrinada, sou aquilo que faz o *Comité de Defensa de la Revolución* sentir vergonha, sou aquilo que levanta suspeitas entre os furões.

Fico no acampamento de apátridas. Quero curtir essa festividade vaga. Os olhos craquelados. Os olhos emanando um cuspe preto. O breu é um estado mental. O breu é a dissolução deste tempo.

Os furões sobrevivem e sobrevivem pelo oportunismo e não pela honestidade. Quem censura quem? O quê? Furão?

A gente não disse nada. Nos deixamos atacar pelo exército de furões. As pessoas gritam com a mesma grosseria que gritaram sempre no corredor do nosso quartinho de Centro Habana. A mesma grosseria que nos faz ter as milhares de máscaras de Pirandello. Foucault não poderia ter dito nada sobre isso. Hoje eu não vou fazer nada mais do que escrever uma peça. Não sei se uma peça sobre a emigração ou sobre a fotografia da *Operación Peter Pan*[*], na qual centenas de crianças são levadas em caixas de sapatos num avião.

— Para onde vão essas crianças? Elas vão voltar?

— Quando você vai vir?

— Você volta?

Eles perguntam, perguntam, perguntam, perguntam, perguntam, perguntam, todos perguntam para alguém quando vai voltar, e se eles não perguntam, escrevem, imagino que escrevem isso continuamente. Quando você volta? Ao perguntar sobre o regresso, se faz uma pergunta sobre o esquecimento. Eu sinto que todos temos medo de sermos abandonados, os censores, os famintos, os furões, um medo da seca, do esvaziamento, de mudar de colônia. Eu tenho um medo tremendo.

Meu namorado filósofo e Mayuli têm em comum uma enorme capacidade para definir tudo.

Acordei com vontade de escrever, mas, como sou designer, não vou escrever nada. Vou só ficar aqui sentada, escutando os outros, deixando que o tempo passe, fumando o cigarro que Gérard me deu, extenuada e dando um gole deste líquido para eliminar pragas, com a esperança de vomitar ou morrer, para que Mayuli me escute e não pense que eu não

---

[*] Aplicada entre 1960 e 1962, foi uma manobra coordenada pelo governo dos Estados Unidos, a igreja católica e grupos de cubanos exilados e na ilha que, preocupados com a ideologia comunista, conseguiram levar mais de 14.000 crianças de Cuba para os Estados Unidos. (N.T.)

me importo com o que está acontecendo com ele. Passei a noite de sábado em claro. O cara morreu, normal, como tudo. O cobrador da luz trouxe um frango inteiro de presente para minha mãe.

Penso nela, na Jara, ontem foi lindo estar com ela. Ela me fez esquecer do nojo que sinto de R. Ela estava com uma edição de *Abuso de confiança* na mochila, que estranho achar na mochila dela essas palavras. Pelo jeito ela está trabalhando numa pesquisa sobre Ángel Escobar. Com ela tudo parece leve, talvez foi ela quem me despertou desejos de escrever. A boca era uma espécie de concha semiaberta. De dentro da boca dela, um cheiro de doce de leite que se imortaliza no meu nariz. E algo nas suas pernas me erotiza como uma fotografia de Ren Hang, deve ser o tom pálido que entrevejo em suas coxas. O cheiro de doce de leite devorado e o gosto da tez branca, ocultada do sol. Nunca pensei na nudez como o filósofo que meu namorado não gostava mas eu sim, Giorgio Agamben, porque eu cresci vendo cartões postais pornográficos e me erotizando com tudo. A nudez como perda da inocência. A nudez como morte da inocência. E as pernas dela livres na tessitura da liberdade. Quando você é novo e não é tão parasita como eu ou a Pamela, você tem as pernas lindas como as dela. Não me canso de olhar suas pernas, hipnotizada com sua brancura e com o poder que ela tem de não ser comum.

Eu gostaria de cortar o cabelo dela. Abro uma página do livro ao acaso, brinco com o livro na minha mão como se isso significasse alguma coisa. Ela sorri porque sabe que Pamela e eu chegamos bêbadas à festa do fotógrafo e que agora eu não tenho nada de álcool nas veias, agora eu sou simplesmente eu e não mais a personagem maniqueísta da artista adolescente com o mesmo estilo e os mesmos assuntos de todos.

Ela me olha como se eu fosse uma lagartixa querendo fugir, diz que eu devo ser atriz e eu sei que não é isso que ela quer dizer.

— Eu não sou atriz, sou designer de teatro.

— Tédio.

— Designer de teatro não, dramaturga.

— Tédio.

— Eu não sou nada.

Fumamos um negocinho. Tudo começou a fluir. Esse ar de não ser completamente daqui a salva, a salva de sumir numa multidão. Eu gostaria de encontrar outra forma de sentir, de me sentir do jeito que me sinto agora a maior parte do tempo, leve, me sentir assim de forma permanente, toda leveza. Não sei se é a falta de leveza e a selvageria os que produzem esse estado de sobrevivência medíocre ou se essa mistura é o alento que mobiliza os furões nesta semana de obstinação patriótica. O tempo está ocupado em saciar a fome: sair para caminhar ou fazer amor são frases simplórias de um estilo de vida que não é nosso, não é essa a nossa foto, diria Mayuli.

Depois de fumar um pouquinho, a gente vira politóloga e faladora de merda, meu namorado filósofo falava merda demais e me contagiou com esse hábito, que transmito quando escrevo e quando penso. Furões selvagens e ferozes que fazem fila por um frango frito. Furões humanos e carentes que são como eu, se deixam sacudir pela massa, se deixam escrever por um estranho, ficam no fim da fila para comprar não sei o quê. Furões na Plaza de la Revolución, eu me tranco no quarto com um furão e choro.

Dizem por aí que não vamos ter shows nem música ao vivo durante um bom tempo, qual válvula de escape irão inventar para nossa raça sedenta. Do que vão se alimentar os furões entre tanta cerimoniosa despedida. As sociedades-furões têm nos ensinado que a ideia da saciedade quebranta o espírito, amordaça. Eu não conheço nenhuma outra sociedade, mas essa, a sociedade que proíbe *Lo duro y lo blando,* é a sociedade dos furões.

Jara não entende por que eu insisto em manusear seu livro e bancar a conhecedora de Ángel Escobar e proferir longas ovações sobre sua eleição de tema de estudo e falar da biografia do poeta. Suspeito que esses detalhes biográficos são os que representam um escritor que eu não conheço e que quero conhecer. Ela também não entende minhas definições furônicas sobre a Cuba contemporânea, não entende meu divagar, meu divergir.

E sobre as pernas dela, no que se refere às pernas dela eu não vou falar em voz alta, ainda não cheguei nesse ponto. Ela é tímida, mas entre suas pernas e sua camisa vermelha não é difícil eu imaginar uma mise-en-scène a lo Ren Hang. Pedir que ela use o espartilho com agulhas mas que o faça com cuidado para não se ferir. Pintar suas unhas de vermelho e chupar seu mamilo com os lábios também vermelhos. Vermelho sobre a cama branca. Sobre a cama florida. Vermelho. Leveza avermelhada. Botar em seus seios batom vermelho.

Me deixo guiar pela contingência cotidiana do ritual do acasalamento, cumprindo o padrão de poder dos machos sobre os machos, meus conhecimentos falham uma e outra vez na nossa conversa, com ela tudo é diferente. Aqui estamos nós duas, ainda que eu repita frases de um roteiro velho e poeirento, começo a me sentir eu, toda leveza, falando com ela sem me impor culpas ou pose de mulherzinha. Estamos ela e eu, chapadas, sentadas num parque.

Vou ter que procurar algum emprego, algo que não seja dar para um velho, ser um pano de chão, ser a inexperta, a perdida. Pamela e eu queríamos fazer uma peça para sair em turnê e fugir da censura, mas na verdade a gente se acostumou a perder o tempo, Pamela e eu achamos uma forma de ser furões secretamente, ainda que os furões saibam o que eles são e nós não sabemos. Ser conscientes, aprender a ser conscientes.

Eu quis contar para ela sobre R, quis que ela sentisse pena e se preocupasse por minha saúde mental e me salvasse. Quis falar sobre Pamela, Mayuli, Alberto, meu avô, eu pensava nisso tudo enquanto olhava para ela. Falar sobre o trabalho da minha mãe e de como eu filmei ela fazendo sexo com o cobrador da luz, para que soubesse tudo o que há de perversão em mim. Queria botar o verdadeiro horror nos olhos dela e que ainda assim ela me amasse. Na verdade, eu queria lhe contar sobre minha vida para que ela se assustasse e decidisse sair do caos que eu contenho.

A mensagem da Pamela nos interrompe. Ela diz que eu não tenho que falar nada com ela, que pare de bobagem com Jara, que eu não gosto de mulher. Me adverte que chegou uma intimação. A polícia quer saber o que acontece no quarto de Mayuli. Eu também vou ser chamada, eu também fumei lá, transei com gente lá, eu também sei que é ilegal. Eu não posso contar isso para Jara. Mas a minha tarde feliz se bloqueia e tudo volta à lógica fútil da merda, uma apátrida da minha própria realidade. Limbo. A gente combina de se encontrar de novo na esquina da Malecón com a Paseo. Espero que não chova. Esta tarde foi o mais lindo que aconteceu comigo nesse ano.

Mayuli: eles perguntam para esse jovem por que ele faz o que faz. Ele responde que é sua forma de ter uma fonte de renda, mas que sobretudo ele aluga o quarto a casais decentes. Perguntam sobre as drogas. Ele diz que sim, há drogas. Assim que diz que sim percebe que não devia ter falado de forma tão descarada. Por que ele faz isso. Por que não estuda. Por que mora sozinho. Mayuli diz que ele é um menino prodígio, que ele não precisa estudar nada porque na rua você não precisa ser licenciado, você precisa saber como burlar o Governo. Assim que diz isso, eles assumem que o jovem já sabe o que o espera. Mayuli não fala isso brincando, já não quer nada. Também não é cara de pau, nem desfaçatez, também não é uma operação anárquica para agir num interrogatório, simplesmente conhece seu destino desde que lhe perguntaram por que faz o que faz. Não tem o que fazer, só resta curtir.

As fotos penduradas na parede da nossa casa. As fotos que minha mãe se esforça para imprimir e emoldurar. As fotos terminam sendo tristes. E as pessoas que entram na tua casa e olham as fotos, sentem pena de ti, do gesto protetor e miserável da tua mãe.

Aqui, neste país, gostamos de nos consumir na nostalgia do momento preservado, somos colecionadores da nossa própria vida e do que a nossa vida exposta supostamente deve dizer aos outros. Gostamos de pendurar as fotos e mostrar os álbuns e dizer que somos felizes porque temos fotos com o bolo e nos abraçamos e sorrimos. A coleção dos derrotados, deveria se chamar, a coleção dos furões derrotados, fotogenia dos simples.

O Lobo não parou de me enviar mensagens: "Chapeuzinho vermelho, tô querendo repetir", e embora tenha sumido o hematoma no meu braço, eu não acho motivos para ir à casa dele. Isso eu gosto da minha história doentia e grotesca com R. A gente se encontra aos domingos, depois há a minha vida separada do encontro. Já esse macho de mensagens diretas, por outro lado, é um cara assediador, *machofucker*, que quer me fazer sua mulher-objeto, sua coisa. Eu vejo algo de sublime no jeito rural do seu comportamento, alguma coisa terna provém da sua aspereza, ou talvez seja eu, adoçando tudo, como filha desta proliferação e desta perdição. Eu não vou responder.

Estou na minha etapa Ren Hang, que também pode ser minha etapa Jara, mesmo que sem trabalho e sem teatro, estou fazendo uns esboços inspirada nas fotografias do chinês proibido, em suas pernas brancas. A tristeza das fotos dele é como a tristeza do relâmpago, como as fotos da parede da minha casa em Centro Habana, que são evidentemente mais tristes, mais pornográficas. Também escrevi um pouco, mas não vou escrever algo melhor do que *Lo duro y lo blando*, vou escrever pela imutabilidade do dia.

Minha mãe convulsiona, bota meu coração na sua língua e nos sons guturais que ela faz, mas depois sai para cumprir com os furões. Minha mãe, como eu, deve ter posado para as fotos de um chinês melancólico. Minha mãe diz que Ren Hang é pornografia e que é para eu esconder os esboços dos olhos da minha irmã, minha irmã, que visita o namorado no *Servicio Militar* e enfia o pau dele na boca para lhe dar uma prova de amor. Minha mãe não lê os diários da minha irmã, eu sim. Eu leio tudo o que eu encontro, essa é minha própria coleção pessoal: "Você está indo bem, filha, estamos indo bem".

Eles deixaram uma citação na casa da Pamela ontem, não devem tardar em me trazer uma. Pensando bem, eu só fui duas vezes à casa do Mayuli e a gente não fumou, eu nunca fumei lá, a gente foi comer alguma coisa porque estávamos morrendo de fome, e na segunda vez estávamos em grupo e já estávamos todos muito mal, o que aconteceu são flashes, todos em cima de todos, muito suor, eu lembro de perseguir uma barata no chão com os olhos, de querer tocá-la e não poder. Eu lembro que me doía, mas me aliviava. Tudo isso me faz lembrar daquela vez que a polícia prendeu eu e E. E era minha melhor amiga durante a faculdade, ela foi embora do país, me bloqueou no Facebook, do nada me bloqueou. A parte mais patética da virtualidade é que eu não reconheço ela nessas fotos e finjo que sim, que eu sigo vendo ela, que seguimos juntas. A gente estava com uns argentinos que vieram ao Festival de Teatro de La Habana, trabalhando como auxiliares do grupo. Na verdade, nos apaixonamos pelos dois atores e ficamos com eles no primeiro dia.

Fugimos de La Habana e fomos para Varadero. A gente era do tipo clássico de estudante de arte, desleixado, rudimentar, um pouco esnobe e bastante entusiasta e hippie. Passávamos por qualquer coisa menos por putas, a gente dava tanta pena quanto aqueles argentinos de teatro de rua, com suas sandálias e seu jeito de mochileiros. A ideia era acampar na areia de Varadero, dormir abraçados.

Uns policiais nos prenderam por prostituição. Os argentinos tentaram se rebelar contra a autoridade mas não os escutaram. Levaram nós quatro para a delegacia por anárquicos e faltou pouco para nos multarem, até que E começou a chorar e mostrou sua carteirinha da UJC*. A gente contou como entramos no ISA, como se organizava o festival de teatro e como ficamos com os argentinos pé rapados que faziam teatro de rua.

A delegacia é o lugar mais sujo onde eu já estive na vida. A delegacia e a área militar onde meu namorado da adolescência fez a *Previa del Servicio Militar*; lá tinha os fedores mais desagradáveis e dolorosos que eu senti na vida. Minha irmã já conhece um desses, eu nunca consegui proteger ela de nada, não que ela queira a minha proteção, ela só precisa saber que não está tão sozinha.

Caso me chamem para dar declarações contra Mayuli, vou ter que me fazer de boba e chorar como E, afinal, não quero passar a noite numa delegacia só porque dei umas poucas fumadas, não é para tanto, eu não sei nada do que rola naquele quartinho. Eles estão de olho nos jovens transviados. Não estou com ânimo para assuntos policiais, estou na minha imutabilidade e essa é a pura verdade, olhando e desenhando fotos, tranquila. Mas se chamaram a Pamela, é certo que eles vão me chamar. Mas Pamela ia lá quase todo dia. Talvez eu possa dizer que R é meu tio e pedir para que chamem e perguntem para ele, eu posso fazer isso, o velho tem que servir para alguma coisa. Vou dar o nome e o telefone dele. Imagino a cara dele atendendo o telefone, sua culpa e

---

* União de Jovens Comunistas. (N.T.)

sua raiva de militar doente. Mas com certeza ele não ficaria envergonhado, se sentiria orgulhoso de sua menina má domesticada, seria seu troféu moral, uma barata sua que ele pode seguir com o olhar e alcançar.

Nossa casa é um museu de caras. A primeira coisa que vou proibir se algum dia eu tiver minha própria casa é que ponham fotos nas paredes. As fotos são artefatos, dizem, e me parecem caretas que falam da morte, do que está verdadeiramente fora de toda coleção, a vida. Tirar uma foto se tornou um ato muito democrático, a empolgação de ir num estúdio fotográfico não deveria ter morrido tão velozmente. Não tem nada de errado com as fotos, o problema são as paredes invadidas pelas fotos familiares. A acumulação de momentos, a ficção da família, a história familiar, o desejo de permanecer vivendo aquilo que já nem se sabe o que é.

Estou tão entediada... minha irmã não se importou com os poemas do velho sujo em sua agenda cor-de-rosa, gostou que eu transcrevesse os poemas, deve ser porque minha irmã assume que esse é o único gesto de amor de que sou capaz. Esses poemas não são nada artificiais, como minha vida, nossa vida, ali onde tudo é superficial. O tédio e a vadiagem, um estilo de vida saudável, fumar e catar feijão se me pedem, nada para fazer, além de me lembrar de umas pernas brancas. Tomara que Mayuli não seja condenado, esse seria o fim de muitas coisas, não sei, tomara que não aconteça nada com ele. Quando eu olho minha irmã dormindo me dá muita tristeza, ela não vai ser que nem eu, ela vai saber como ser feliz, por isso eu tento não lhe ensinar nada. A televisão continua o bombardeio de propaganda, minha mãe continua esperando que venha o cobrador da luz. A heroína do mosquito está doente e se alegra com pequenas coisas. Uma liturgia da sujeira para a qual eu não estou pronta. Não estou de luto. É meu momento, o naufrágio, o limbo, o buraco preto, o vermelho, o tédio do cão. É um extinguir-se no nada querendo apagar todo sentimento de repulsa ante as fotos recortadas. Meu avô é o único homem pelo qual eu fiquei de luto. Minhas únicas lembranças nostálgicas estão relacionadas com ele. O resto me deixa doente ou me apodrece ou me faz sofrer. Sim, caso me peçam para declarar, vou dizer para chamarem R. Os dias passaram num total e glorioso silêncio e eu estou com saudades da Jara, que não me escreve desde ontem. A gente ficou de se ver na esquina da Malecón com a Paseo. Ela não percebe nada de lindo em mim, apenas uma Chapeuzinho Vermelho com vocabulário deformado e espírito de artista. Ela não deve querer ver esse monte de quadrinhos na parede da minha casa. Já é muito o desânimo de me ver tão perdida e tão camuflada em palavras e efeitos. As fotografias são efeitos também. Talvez não sejam dias para começar nada, talvez contaram para ela alguma coisa sobre mim e Pamela. Talvez Mayuli estivesse sob vigilância e, se for isso, nós somos as únicas que andamos com ele para tudo que é lado.

"Chapeuzinho Vermelho, você está brincando de gato e rato. Deixa eu te comer". Ele não percebe que eu fiquei com ele por estar ociosa, por estar moribunda e por apreciar a autocomplacência gerada por não ter desejos, não ter desejos reais, por olhar o teto da casa dele como único refúgio. Eu fui encontrar ele pela vontade de exorcizar o que havia de político em seu apertão, que agora não faz diferença, que já não me diz nada sobre minha notável besteira. Isso de que te apertem demais a cintura e te chupem os mamilos com muito impulso é um pouco invasivo. Já tenho o bastante com o quão invasiva é a Revolução nesta casa para engolir essa piada de que quanto mais intenso, mais gostoso. Isso é um mito. Eu quero é me deixar levar. Como esse beijo Ren Hang que, de tanta tristeza, te exonera do comum. Como esse beijo de menina que Jara me deu e que eu estou esperando de novo.

Nada que fazer. Pegar o gosto por ficar sentada desenhando na frente da parede da coleção materna. Pegar o gosto por fazer rabiscos que dizem ser desenhos que dizem ser autorretratos que dizem ser ilustrações para uma peça de teatro censurada ou para uma peça de teatro com o orçamento de um colonizador que se chama Gérard. E ainda que esses desenhos não sirvam para nada, pensar que está tudo bem voltar a me inspirar nos fatos, egoistamente esquecer Mayuli, não fazer nada por Mayuli, não fazer outra coisa que não seja esperar o domingo.

Minha vida sem fotos, não tenho sequer uma única foto no quartinho da Humboldt.

Minha mãe está no chão. A agulha na minha mão. Não consigo me mexer. Saliva. Língua. Dentes. Ombros. Cotovelos. Dedos das mãos. Minha mãe está no chão. Não posso segurá-la.

Mayuli: Eu me apaixonei por você e sempre tive medo de ti. Acho que fizemos o Ensino Fundamental na mesma escola e levávamos de lanche pão com azeite e sal. Lembro que tiravam sarro de ti e de mim, mas isso não me machucava, ninguém nunca me machucou, nada tem me machucado mais do que não servir, do que me esforçar para não servir. Eu sabia que você tinha um tio louco, que teu tio era o louco que batia punheta na janela da escola, isso eu também não te falei. Nunca falei para ninguém. Não quero que você sofra, não quero que você sofra por nada. Mas parece que isso vai terminar como começou, coisas ruins vão acontecer, tenho esse pressentimento, mesmo que não me machuque. Eu soube desde que a gente se sentava junto no fundo da sala de aula, algo ruim ia acontecer com você. Depois não nos vimos de novo, você esqueceu que eu estava na tua turma, esqueceu dos aniversários e das fotos com o lenço. Eu não me esqueço da cara do teu tio, ele se esforçava para não ser esquecido.

Eu só quero que você esteja bem.

Todos falam da mesma coisa, o negócio de Mayuli era vender drogas. Em que furada ele se meteu com o quartinho da Humboldt, só tem merda nisso. É osso porque botaram Pamela contra a parede, e o que ela podia fazer, Pamela é fraca, um domingo na delegacia, amanhecer lá. A polícia não pode te deixar na delegacia por fumar um baseado na casa de alguém, é algo mais, eles querem chegar no fundo de algo.

Minha mãe sente muita dor de cabeça, não é comum que ela convulsione num prazo tão curto, está triste, tudo está desabando no mundo dela, não sabe o que ama, se seu cobrador da luz, se seu país ou sua filha degenerada, que era a ilusão da casa. Meu pai e eu devíamos ser a ilusão da casa. Deixaram uma intimação embaixo da porta, minha irmã está chorando, o namorado a abraça, lhe deram licença no Serviço Militar, chegou magro e fantasmagórico, parece o manequim do menino que ele era. Uma tragédia familiar em cima de uma tragédia política. Jara me convidou para comer sorvete, preciso sair deste estado de caos imutável.

Jara me leva a um lugar novo, é um *gelato*, eu tomo sorvete de café da manhã. Nos últimos anos aparecem comércios de todo tipo, tem furões com dinheiro nesse país, furões fotogênicos com *money*.

Ela tem um jeito de sorrir muito estranho, como se seu riso se cortasse o tempo todo, o que gera o impacto breve de uma gargalhada, você não quer que se extinga, mas sabe que vai acabar de supetão. Na verdade, eu não sei o que é que acho engraçado mas rio freneticamente e deixo pingar sorvete em cima de mim. Ela se sente mais leve do que nunca, apontando com o dedo a gota de sorvete na minha blusa. Eu lhe conto sobre o teatro e sobre uns desfiles de Alexander McQueen que tenho no HD. Ela não me julga. Não vai me julgar nem agora nem depois, ela sorri.

Vou procurar a pintura de Egon Schiele, é um retrato do passado, antes de que Jara existisse já existia uma modelo com sua silhueta, sua leveza. Vamos caminhando até a prainha da Rua 16, em Miramar, não sei por quê, mas eu nunca tinha vindo a esta prainha. Lá dá para ver os *yaquis**, esses *yaquis* marinhos e gigantes que sempre me deram má impressão. Tem três cachorros perdidos nessa margem. Penso nos cachorros como se fossem espíritos, espíritos que também se perdem. Jara se aproxima dos cachorros, os acaricia, os três cachorros se aproximam de

---

* Os *yaquis*, em Cuba, também conhecidos como *jacks* ou *matatenas* em outros lugares da América Latina, são um jogo de habilidade que conta com uma série de pequenos objetos lançados, capturados e manipulados de diversas formas. Em La Habana, na Playita de 12, perto de La Puntilla, há um conjunto de estruturas de cimento que funciona como quebra-mares e que tem o formato dos *yaquis*.

seus pés e eu choro, as lágrimas saem de mim involuntariamente.

— Você parece uma modelo de Egon Schiele.

— Você acha?

— Quando eu te vejo penso no quadro e eu gosto disso. Vou botar de tela de fundo.

— Por que você não me dá esse quadro de presente?

— A gente pode ir pra tua casa.

— Hoje vou estar ocupada a tarde toda. Te ligo amanhã.

Jara caminha relaxada, os cachorros não nos seguem.

Acho que eu nunca tive isso que chamam de destino, eu me movo em muitas direções mas elas não são meu destino, são distâncias, desvios automáticos, como agora, não sinto nada por ela nem pelos cachorros, vou nessa direção que não é nenhuma e me canso de pensar com tanto ódio na minha mãe, que deve se sentir como esses cachorros; eu me desconheço.

Eu também estou ocupada essa tarde. Minha mãe está ocupada se recuperando.

Hoje ele está desesperado. R está desesperado. Ele quer que eu beba o chá logo, não quer me ouvir falar, não me olha. Eu sei que está estranho, que não quer falar comigo, que me despreza, mas penso em seus dentes, examino sua dentadura, me alivia sua ridiculez.

Eu bebo tudo.

R estava no chão. As pernas abertas. Tem cheiro de madeira molhada e suor seco. Tem cheiro de urina. Os dentes não existem. A língua preta. Na mesa, um quilo de pó servido, eu nunca antes tinha visto cocaína na mesinha. Não estou enjoada, apenas me sinto um pouco tonta. De repente faz frio. De repente amanhece. Não é Schubert mas parece. Se tivesse uma faca eu seria Isabelle Huppert em *A professora de piano*. Não é teatro, está acontecendo. Não era o trapézio. Ele está morto e hoje eu não coloquei o telefone para gravar o som. Abro a gaveta da mesinha, pego todo o dinheiro que encontro, ao total, trezentos e oitenta cuc, não tenho tempo de levar mais nada. Na verdade, não sei por que em meio ao desespero eu pego esse dinheiro, não sei por quê. Me levanto com uma crise de choro, mas ajo mecanicamente, fujo automaticamente.

Sei que estou agindo errado, estou fugindo, estou deixando ele aí. Se trata de abandonar algo, diferente de matá-lo ou não sei se eu o matei, não sei o que estou fazendo. Tudo durou o que dura um sonho. Eu estava aqui com ele e de repente acordo esgotada, cheia de urina, de sangue. O cheiro é repugnante, eu me visto, saio assim mesmo. Mas estou fugindo e não sei se ele está realmente morto.

Minha mãe estava me esperando, minha mãe sempre me espera. Eu chego chorando, cheirando mal. Coloco o dinheiro em cima da mesa. Minha mãe está chorando, me bate, me empurra, não quero ver ela assim, tão fraca, não quero ver o estado que eu provoquei na minha mãe, sou eu, de repente sou eu a causa da podridão. Estamos nós duas sozinhas e eu conto para ela, pela primeira vez eu conto o que acontecia com R. Ela me diz que temos que ir para casa dele, pergunta se alguém daquele quarteirão me viu, que não diga nada sobre o dinheiro.

– Toma um banho. Toma um banho e vamos.

Minha mãe parou de chorar. Tosse. Me dá uma toalha. Minha mãe não está mais cansada nem abatida pela convulsão. Me enfia embaixo d'água. Eu não consigo parar de chorar. Como se pudesse repetir a dor pela morte do meu avô, a dor pela morte de um filho, a dor pelo meu prazer morto em cima de uma mesa na qual sou penetrada por centenas de homens que dizem me conhecer e que dizem saber o que eu quero e o que eu preciso.

A gente desce correndo, tudo acontece muito rápido, vamos à casa de R. Não conseguimos entrar. Minha mãe chama uma ambulância da rua. Tenho o cabelo molhado, é impressionante o quão rápido cresceu meu cabelo. Furões por todo canto, me olham, me julgam. Minha mãe não está envergonhada, permanece calada junto a mim na porta.

Eles quebram a porta, tudo está acontecendo agora. Eu peço um cigarro para o policial, ele não entende como me atrevo a lhe pedir um cigarro, eu não entendo se o olhar dele é de nojo ou de pena ou de desejo sádico. Minha mãe me pede que fique calada. Penso no abraço morto do meu avô. Se Jara me visse neste instante, desprezaria tudo em mim, porque não há nada em mim que possa lhe servir.

Amanheço na delegacia. A casa de R está cheia de câmeras de segurança. Ninguém fala sobre o dinheiro. Estão revisando todas as evidências. Ao que parece, teve uma morte por causa natural, ninguém diz nada sobre a cocaína.

Pamela vendeu a casa de sua avó. As heranças existem para se desvencilhar delas, foi isso que eu aprendi. Os furões herdaram à força tudo o que somos. Tantas casas e mansões vazias que pertencem a ninguém. Por conta de tudo o que está acontecendo com Mayuli, não vamos fazer a performance com o orçamento que Gérard prometeu conseguir, vai ficar para sempre num ponto morto.

Como eu vou dizer para Jara que não vou poder ver ela hoje porque estou na delegacia de Centro Habana?

Estou cansada de me consumir falando e falando sem dizer nada, deve ser um mau hábito furão, arquipélago furão, filósofo furão, como o namorado de quem ainda sinto falta porque às vezes me amava realmente.

Minha vida como arquipélago, um monte de ilhas associadas de algum modo, separadas e alguma vez unidas. Não consigo entender por que me dói tanto a morte daquele velho, é como se uma parte de mim não desejasse que ele morresse, como se eu resistisse a perder esse arquipélago vicioso, preto, permanente. Lá, no quarto dele, eu fugia de algo mais pesado do que seus estupros, eu escapava da minha ferida comum: o teatro, os amantes.

Minha mãe está em silêncio, muda. O que fazer com esse dinheiro que não é de ninguém? O que fazer com a casa dele? Eu devia ter sido mais cautelosa e procurado aquilo que ele me servia no chá, guardá-lo para cada domingo.

Quando eu estudava no Ensino Médio, mandaram chamar minha mãe. Segundo os furões, meu comportamento era agressivo, "organizadora de revoltas". Um dos porcos furões professores tinha estuprado minha melhor amiga. O diretor ameaçou me expulsar por ofender publicamente um professor, por fazer acusações falsas. Minha mãe chegou, me olhou com essa cara dela de ódio e nojo. Minha amiga disse que era mentira, que ela tinha inventado tudo. Como ela ia inventar o caralho do sangue e da roupa suja, os hematomas; depois do Alberto eu prometi não ficar calada, prometi me rebelar, fazer alguma coisa, depois de que Alberto se suicidou, eu tive que assumir a rebelião como linguagem de sobrevivência. Engolir seco, como agora, engolir tragos de merda em seco.

Minha mãe nunca conseguiu me disciplinar, isso é o que mais lhe dói de mim. Agora sente pena, sabe que sou uma alma perdida, minhas "revoltas" não passam de rebeliões tímidas, meu ódio pelos furões se traduz em beicinhos de menina, meu corpo violado é como o da minha amiga, e justamente agora, nesta delegacia, acabo de perceber que nada é grave demais, nada é imutável, tudo acontece levemente. Meus arquipélagos, como um país, vivem da repetição da dor, seus estados não provêm de uma dor autêntica.

Minha mãe também é minha cúmplice, não menciona nada sobre o dinheiro. Parece que este desastre vai ser sempre meu cenário. Ante um júri de culpados, *mea culpa*. Ante esta falsa distribuição do mundo e da vida e do prazer, minha absoluta merda em tudo o que eu toco, minha absoluta inutilidade. Minha mãe está em pé, entende tudo.

A mensagem de texto que Pamela enviou ontem: "Vão tirar a casa de M e tudo mais... A família de Miami vem porque vai ter julgamento. Mas nada vai acontecer com nós duas. Bj". Mayuli preso vai ser o fim de muitas coisas, também o começo ou a expansão do limbo. Com R morto, não sei o que vai acontecer comigo. Me vejo em todas as épocas da minha vida repetindo um sentimento de culpa. Penso no corpo de R me olhando, sua lembrança vai ficar nisso, outro corpo morto para ser lembrado.

Furão morto: uma vez que morre o furão, todos os detalhes se transformam em sua memória. Lembrar dele nas superfícies, nas palavras de ordem, na memória gráfica e icônica de uma Revolução. Lembrar dele na insignificância que teve sua vida. A lembrança não é algo transcendental, todo elemento deixa uma pegada, por mais grotesca que seja, fica ali. Quando o furão morre, existe um orçamento para fazer uma cinebiografia no nome dele. Furão que sobrevive a furão se encarrega de cuidar da grandiosidade da biografia do furão. Agora é quando começo a viver, agora, pela primeira vez, evito lembrar. O furão morreu, não há mais nada que calar.

Vão reabrir o teatro. É claro, ninguém fala de *Lo duro y lo blando*, ninguém aceita a furãonização da cultura que deu lugar a esta catástrofe. Agora vamos montar *Ricardo III*, de Shakespeare. Recebo uma mensagem do administrador, antes meu filósofo, meu namorado, dizendo que na quarta-feira vamos nos encontrar todos no teatro para organizar o trabalho. Na delegacia me sentam numa cadeira, ao lado estão vendo algo na TV. Não consigo ver a tela, mas reconheço o som, é o som das minhas gravações no celular. Reconheço a cena, a mesinha, o grande espelho da cômoda. A madeira, o piso liso rachando, meu crânio quebrando. Tenho certeza de que a projeção se escuta como nas gravações do meu celular. Os policiais se tocam entre eles sem dissimular, sinto como se acariciam pensando no meu desastre.

Ao fim, um deles pergunta: "Você sabe o que é isso?". Não respondo. "Tem muita coisa para esclarecer". Ele não está impressionado, fala calmo, mas estou numa encrenca, não saio da minha encrenca por prostituição e drogas. "Você sabe o que os oficiais estão analisando? Você sabe que vai ter que explicar para nós muitos detalhes? Vai começar a falar? Me fala tudo, vou facilitar para você, me conta primeiro do quartinho da Humboldt, sem esquecer nenhum detalhe, me conta dos teus amiguinhos. Depois a gente segue com os videozinhos, está feia a coisa pra ti, você se meteu em algo bem sujo, hein, a tua mãe sabe disso tudo? Pai você não tem, porque se você tivesse um pai se daria mais valor. Aqui estamos com tempo para entender esse panorama, Humboldt, teus vídeos. Desde quando você conhece Mayuli?".

Os outros permanecem na sala do lado, eu sei pelos sons. O que me interroga repete: "Prostituição". E é como se estivesse sentada na sala de cinema, assistindo um filme sobre a minha vida que não tem lógica.

A tortura durou dois dias, insistem para que eu berre algo vergonhoso e tremebundo: me perguntam pela Pamela, me perguntam pela minha mãe e meus amigos, pelo teatro, por Gérard, mas nunca me perguntam por R. Eu me atenho aos fatos. Nunca me perguntam pelo dinheiro, nunca mencionam os trezentos e oitenta cuc. Não consigo reproduzir com exatidão nada do interrogatório, perguntas em cima de perguntas, perguntas não interconectadas, a cubanidade na pergunta é que qualquer coisa cabe, me perguntam sobre qualquer coisa e não querem me prender, não querem me culpar completamente, querem saber se sei alguma coisa, mas minhas respostas são insípidas, vagas, eu descrevo fatos, apenas isso.

— R é quase da minha família.

Eles riem, debocham de mim, baixinho no começo, depois alto, bem alto, ao redor da TV na qual curtem meu *reality*, fazem festa na delegacia. O furão macho entra, respira, zurra, morde meu pescoço. O furão macho ri, decide que sou inocente. Eu grito, o furão macho não grita, apenas respira, mas sua respiração não é de queixa, sua forma de respirar é ginástica, esportiva, sexual. Agora sou fundadora de um cineclube. Todos compartilham os vídeos na delegacia. As rondas policiais na delegacia deixam de ser insossas, longas, entediantes. Minha mãe é a única pessoa que está aí para mim. Minha mãe diz na entrada da delegacia:

— R é quase da família.

Eles anunciam para minha mãe:

— Sua filha não está aqui.

Na rua me deparo com um homem muito sujo, veste uma camiseta rasgada e está muito magro, não sei por que, fico olhando o cara com uma expressão miserável e hipócrita como a dos furões, o cara sabe o olhar de merda que eu boto em cima dele, o cara é o primeiro em Cuba que percebe tudo o que penso e tudo o que sinto. Por isso, o cara é mais generoso do que eu quando segue caminhando, quando repara nas marcas que tenho na pele e segue caminhando porque as reconhece.

Na quarta-feira eu chego à reunião. Parece que acabou a semana e meu rosto é a impressão nítida do fracasso e da humilhação de centenas de furões históricos; depois da morte, depois de suas mortes, se passaram dois meses. E eu esqueci todos os detalhes, perdi o celular, esqueci os sons, nunca passo pela rua da delegacia, embora eu tenha certeza de que as viaturas de polícia param na minha frente para rir.

Pamela, Pamela foi embora.

A morte é um reflexo surdo, uma ressonância magnética incapaz de detectar o foco epiléptico.

Jara me escreve todas as tardes, me espera na saída do teatro e me beija na testa como se a minha testa fosse pura, sadia, como se meu suor não fosse forte demais e como se os ácaros do teatro fossem saudáveis. Jara gosta do projeto que fiz para a peça, me acompanhou para escolher os tecidos e me fez críticas literárias. Eu rio muito quando estou com ela, às vezes acho que ela sabe tudo sobre Mayuli estar preso, sobre o julgamento para o qual não fui intimada, sobre meus domingos com R, que imagina algo, insinua algo. Eu não respondo. Jara se ocupa em ser como um travesseiro entre minhas pernas, o primeiro toque na minha vulva, a primeira mostra de amor. Pamela não está mais. Não sei quando foi que Pamela deixou de estar nesses dois meses. Ela não foi à reunião daquela quarta, a gente não se encontrou de novo.

Minha mãe foi internada semana passada, teve um ataque muito forte. Minha irmã e eu nos abraçamos e caímos no sono na sala de espera do hospital. O enfermeiro machucou uma perna carregando minha mãe, mandou minha mãe tomar no cu e minha irmã e eu partimos pra cima dele como umas loucas. Nesse tipo de circunstâncias, a gente entende que dividir fluidos se relaciona diretamente com uma sensação inexplicável de pertencimento, eu não pertenço à minha irmã e minha mãe, não pertenço a nada, a nada que não seja um chá evasivo, à fuga do chá, ao controle do furão. Nossa miséria é o amor desgastado das três que não nos pertencemos. E eu ainda tento fazer com que minha irmã não se suje com a minha vida, porque eu amo muito ela, minha irmã, que me conhece e cheira minha sujeira, se assusta com estes dois meses silenciosos e quietos.

Agora a minha mãe está melhor, com o namorado dela, seus documentos, seus panfletos patrióticos, seu circo, que a mobiliza e a salva. Minha irmã enjoou do namorado, ninguém sabe o que aconteceu, mas agora está mais relaxada, mais madura, sinto que envelheceu e que sabe mais da vida do que eu. Provavelmente saiba mais de tudo do que eu; ela, pelo menos, sabe por que age de uma forma e não de outra, por que acompanha minha mãe em todas as suas campanhas patrióticas, por que briga com um namorado e por que, ao dormir com sua irmã mais velha, aprende sobre a relação irreconciliável entre o abandono e a morte, a solidão e a pena. Eu, dentre todas as possibilidades, escolhi não explicar esta dor que se enquistou na minha família porque somos mulheres num país de homens.

Jara arrumou um trabalho para mim na casa de uma pintora famosa, eu faço recados, atualizo a página do Facebook e ela me paga, me dá um valor justo para uma designer jovem e fracassada. Semana passada me propôs que lhe desenhasse um convite, começo a acreditar que esse pode ser meu ganha-pão, a grana não é ruim, e me toma pouco tempo. Ontem achei alguns rabiscos dos meus desenhos inspirados em Ren Hang, Jara diz que rendem uma exposição, que eu deveria mostrá-los à pintora e perguntar se servem para alguma coisa.

Estou procurando uma bolsa para ir embora do país. Jara diz que é preciso fugir da soçobra; estou procurando uma escapatória. Como tiro de mim essa sensação de corpo sujo? Como tiro de mim esse olhar sujo de furão? Como tiro de mim esse vício de me sentir repulsiva, merda, resto? Como olhar minha irmã perfeita e não me sentir mais afundada em meus próprios julgamentos sobre este país de fim do mundo? O que minha irmã vai herdar de mim, que fotos, que relíquias familiares, que sons de furão? Os furões passando a língua no meu cabelo que cresceu um pouco nestes dois meses.

Jara é o único lugar feliz. Mas eu sinto que não a mereço. Mereço ter o braço marcado, a vagina perfurada, a memória em branco. Tenho a sensação de que os figurinos de *Ricardo III* vão ficar lindos, já ninguém lembra de *Lo duro y lo blando*, é como se a censura não existisse, o treinamento consiste em ter uma memória curta.

Jara não gosta que eu fume, então não fumo. Também não gosta de me chamar "Chapeuzinho Vermelho", me batizou, "Minha Garota-Pé-na-porta", diz que eu gosto de brigar com as pessoas na rua, ainda que secretamente eu odeie que me chame assim, me parece que é como dizer que eu sou escrota; Jara pode usar as palavras que ela quiser para se referir a mim. Às vezes compramos casquinhas e caminhamos longas distâncias. Jara substituiu a Pamela, ninguém substituiu o R, mas também não se lembram dele, como não se lembram de Fidel, a única coisa que fazem é repetir o que aprenderam, a cubanidade no furônico. Jara e eu caminhamos, ela diz que minha teoria sobre os furões é terrivelmente precisa: todos são furões machos.

Há em Jara alguma coisa demasiado bela e pura, seu caráter pode ser atormentador; mas nunca antes eu fui tão feliz, tão feliz e tão triste de estar vivendo justo agora. É isso que eu digo para minha irmã no hospital, com minha mãe dormindo ao lado:

— Podemos começar tudo de novo?

— Vai ser exatamente igual.

— O cobrador da luz não deu as caras por aqui.

— Nem vai vir, ele não gosta tanto dela.

Mayuli apodrece na cadeia. Alberto apodrece no banheiro da escola. R apodrece em seu túmulo de herói invicto. Jara e eu deixamos que a podridão do sorvete nos alegre.

— Esse hospital é uma vergonha.

— Não suporto a umidade dos hospitais.

— É inumano.

Minha irmã e eu levamos a minha mãe para casa. Essa noite dormimos juntas. Jara nos levou sorvete no plantão. Yaneika foi ver a mãe dela em Guantánamo, não está aqui para acariciar as nossas cabeças. Minha mãe só quer comer sorvete. Sorvete derretendo.

Jara e eu chegamos no Coppelia, não pegamos fila porque falamos que vamos a Las Tres Gracias. Reconheço um velho que está de saída, seguro ele. Digo que Pamela e eu levamos seu caderninho com poemas. Digo que tenho seus poemas em casa, que são lindos, que quero entregar de volta para ele, que é um grande escritor, que nos salvou aquele dia. Ele primeiro não diz nada, eu insisto, insisto, apesar de Jara não entender a cena.

— Não são meus. Copiei os poemas de algum lugar.

Ele vai embora lento, curvado, passos de cansaço lendário. A vida caminha devagar e pisa com trabalho o chão, o asfalto. Quando acontece algo, temos a impressão de que a vida se acelera, mas não é verdade, não são os acontecimentos que dão lugar ao tempo, são as perdas, a possibilidade do esgotamento.

Jara não entende. Temos sorte, minha mãe tem sorte, há sorvete de flocos.

Minha Pamela,

Provavelmente você seja minha amiga depois da hecatombe. Uma rebelião final que acabe com a mumificação da vida e da esperança. Não sei se algum dia vamos recuperar a rebeldia. Também não sei se vamos poder viver com essa insignificância, com essa melancolia, com o fracasso. Promete pra mim que vamos estar juntas e vamos recapitular o país que nos pertencia, aquele que cabia no Vapor 69. Lembraremos de algum *reggaeton* e algum amante compartilhado.

Te contarei que fui a bela adormecida na casa de um velho militar, eu fazia a mesma coisa daquele filme que você odiou porque era protagonizado por quem você não queria: como em um conto de fadas, bebia o chá e acordava com um beijo de amor. A realidade terminou quase igual à ficção, não tinha príncipe nem confetes, tudo era silêncio.

Na verdade, nunca te contei sobre R porque eu queria separar o que era nosso das horas do limbo absoluto dos domingos. Aqueles encontros secretos não tinham outro sentido além de evidenciar a vigorosa podridão e o desespero da minha família.

Não sei onde imagino você enquanto escrevo essa carta. Acho que você sempre vai ser mais livre do que eu porque você escreve e você é feliz em qualquer lugar onde tenha um corpo e uma sacada. Quando tua avó morreu, eu achei que você ia desabar, e justamente por isso eu tenho muito medo de ti, porque sei que você é uma baleia, finalmente você se tornou uma baleia.

A gente nunca fez a peça sobre Julián del Casal e Gustave Moreau, nunca a fizemos porque precisávamos debochar de Jean Paul Sartre e Fidel Castro, com uma versão de *A prostituta respeitosa*, essa era a peça que eu queria fazer, a peça sobre uma puta que não era livre, porque os homens não podem deixar que as mulheres sejam livres, *A puta respeitosa*.

Foi melhor não fazer nada. Para não se tornar um furão, é melhor não fazer nada, viver do ar, das festas e do sexo pueril, da desesperança. Para não se tornar um furão, a única coisa que se pode fazer é amar.

Quando escrevo a palavra amor, penso que nem tudo foi baixo, triste, falido. Talvez te conte da minha maior revelação, um sonho, um sonho com os poemas do velho do Coppelia, você lembra? Eu te juro que não deixo de pensar nesse homem. Também não deixo de pensar na morte.

Você acha que a gente foi feliz? Acha que somos felizes agora? Provavelmente já passou a hecatombe. Você é a minha dramaturga. Suponho que somos irmãs. Você é a mulher mais bela que eu conheci.

Às vezes eu acho que tenho sido injusta com minha mãe. Minha mãe sempre quis que eu fosse escritora, que casasse e tivesse filhos. Eu acho que minha mãe gostou da peça que você escreveu para ela, de alguma forma se sentia como uma heroína da Campanha pela luta contra o mosquito *Aedes aegypti*. Tenho certeza de que minha mãe deseja ter os poderes exterminadores e mágicos da tua heroína, deseja usá-los para controlar o cobrador da luz.

Eu não te culpo de nada, Pamela, eu queria te ver feliz, casada com um grego ou um lituano, apaixonada e com filhos, agora reproduzo os pensamentos da minha mãe, que besta sou. Faz pouco que descobri que sou infértil. Não vou poder ter filhos. Nunca te contei, mas eu engravidei. Não te contei por vergonha e por raiva, e pelo vulto de sangue que vi se evaporar entre o lixo hospitalar do Emergencias, isso também fazia parte do meu conto de fadas, a morte que rodeava tudo. Minha mãe me ensinou a calar algumas coisas, e embora eu não tenha te contado com palavras, aquela tarde em que eu não podia parar de beber e chorar, tenho certeza de que você escutou meus pensamentos.

Guarda nossos segredos, nossas cenas no teatro e nos quartos, guarda todos os tragos que tomamos, todas as línguas que chupamos. Guarda nossa vocação para dançar e gozar com aquilo que faz um povo de furões cair no choro, uma terra condenada ao desassossego neocolonial, aquilo que é intocável numa estátua à saída do bar Humboldt, o monumento que nos umedecia tanto, uma paisagem que chegava a nos erotizar quase tanto como ver dois homens tocando a Mayuli. Me guarda em você.

Lembro com demasiada precisão. Você acha isso entediante, eu sei, virei uma pessoa entediante. Tudo poderia ter sido diferente, claro que poderia ter sido menos escabroso, mais limpo, tudo poderia ter contido menos saliva, sangue, merda, urina. Menos porquice para as artérias. Tudo poderia ter sido diferente, mas os fatos aconteceram assim, e quem mais sofreu nunca foi protagonista o suficiente nessa história, Mayuli, sempre pensando em Mayuli.

Te contarei das minhas marcas, te contarei de outros amantes que não tive, te contarei do meu cabelo, te contarei que rejeitei o design de figurino e o teatro, ou talvez te contarei de uma loja de roupa que eu e Jara abrimos em La Habana Vieja. Te contarei do meu fracasso. Um fotógrafo famoso publicou uma foto nossa. Você chegou a ver o catálogo da exposição? Que rápido passou nosso momento! Uma semana depois já tinha outras duas idênticas a ti e a mim fazendo o mesmo teatro. O teatro novo. Na semana seguinte já existia outro Mayuli e já se dedicavam os três a morrer em espaços insignificantes como a área esportiva de uma escola abandonada ou um terraço com perigo de desabamento ou uma sacada com vista para o Malecón.

Aqui os furões mudam de forma convulsa. Não sei se é que estou mais velha ou mais cansada ou simplesmente mais entediada do que nunca, mas queria te escrever e te falar da nossa época cor-de-rosa. Não me esquece, não esquece os nossos dedos brincando na sacada, não esquece a fome e a vontade de tomar algo frio, algo duro, algo brandíssimo.

Te contarei que eu não te esqueço, que sigo te lendo numa sacada e que sigo deixando de fumar todos os anos, sigo tentando fracassar em todos os meus hábitos. Fracasso, Pamela, sou mordida pelo furão imaginário. Sou um inseto, uma barata.

O ar é denso. As pessoas estão mais feias e construídas. Nós éramos duas meninas bem construídas, não éramos? Éramos justo como devem ser duas artistas num lugar inóspito do planeta. Te confesso que te escrevo para justificar o ridículo da nossa idade. Tu e eu sabemos que as festas e os suores que experimentamos são a ridiculez da nossa rebelião, da nossa batalhinha, da nossa própria e gloriosa hecatombe.

Você se apaixonou que nem eu? Sempre vou lembrar que estivemos em Santa Clara e subimos ao carrossel e você tombou de lado porque estava bêbada e apaixonada por um violinista surdo-mudo. Talvez eu esteja inventando essa lembrança, mas vou te contar como se fosse verdade, e com certeza será a lembrança, a única lembrança que vai fazer você pensar em nós felizes e apaixonadas.

Jara e eu estamos apaixonadas, apaixonadas por nossa neve no arquipélago que se junta por glaciares que chegaram da noite pro dia e mudaram o ar e a miséria do quartinho de Centro Habana que tem as mesmas fotografias familiares. Quando eu te conto do meu amor você me odeia para sempre, lembra da minha indiferença com a prisão do Mayuli, lembra que se eu não posso amar, então sou como aquilo que mais me aborrece, um furão. Uma vez estive grávida, não sei se te falei. Também não te falei que eu transei com Mayuli. Nunca te falei porque você também não me falou que transou com ele. Não se pode ser político nem revolucionário com tantos pensamentos de merda, de namoradas, de carnes, não se pode ser rebelde com tanto luxo, não se pode frear a história com tanto medo e tanto padecimento.

Nunca mais vou usar as palavras: censura, ditadura, polícia, teatro, furão. Te contarei do meu último orgasmo, o mais profundo. Ela usou um aparelhinho eletrônico e sua língua e todos os seus tentáculos. Me botou uns fones de ouvido e escutei umas gravações de áudio que não vou te falar de onde saíram, mas que são tristes. Foi curto, mas decisivo, como se me atravessassem com facas. Sou feliz, eu te juro, às vezes sou feliz com ela.

Onde você estará lendo essa carta? Você lerá em voz alta ou em silêncio? Você a reescreverá, como a boa dramaturga crítica e cínica que é? Você lembrará de mim?

Te contarei sobre o silêncio das madrugadas, dos inferninhos fechados, da sensação de confinamento que começo a experimentar desde o dia que você foi embora. Te contarei da loja de design que transformei em ruínas com um trator. Rapidamente chegaram os furões e se instalaram ali, em cima dos tecidos e das etiquetas da nossa loja em La Habana Vieja. Te contarei essa ficção de "mulherzinha", elas num namoro, todas as angústias de uma jovem rebelde, mais velha e corrosiva do que uma peça de teatro.

Te imagino com o cabelo loiro. Você ficou loira? É muito difícil conseguir um loiro platinado sob essa atmosfera, nunca mais tive mau cheiro no sovaco e nunca mais pintei o cabelo de cores extravagantes.

Jara está tentando engravidar. Nos mudamos para um apartamento no Vedado, alugamos ilegalmente o quartinho dos fundos e com esse dinheiro extra podemos pagar algumas contas. Quando o menino nascer esse vai ser seu quarto. O filho da Jara vai ser o nosso filho. No fundo, sempre vou saber que meu ventre está seco, adormecido por um chá que envenenou tudo em mim, por esse filho fictício que nunca tive.

Você já deve ter dois filhos loiros, sempre falava desses filhos loiros. Eu escrevo teu nome em cada desenho só pelo ritual, para invocar esse teu gosto pelo lindo, teu nome no papel muda tudo.

Às vezes eu acho que me fixo em coisas que estão morrendo, às vezes acho que eu vou matando coisas, como essas ilhas imaginárias nas que me vejo, como nossa vida juntas.

Você quer vir ver a gente? Não sei se você vai chegar a tempo para a hecatombe, para as lojas abertas em pleno apogeu de turistas, para visitar a loja ruinosa, para ficar no quartinho com minha mãe, para meu câncer de garganta, para o teatro com as portas fechadas, para o domingo durante meu estupro.

Minha irmã estará estudando em Londres, vai ganhar uma bolsa importante. Minha irmã vai se formar e vai ficar no Reino Unido, minha mãe irá visitá-la três vezes durante sua vida, acho que minha irmã sempre soube que a felicidade consistia em viver para si mesma e que os ecossistemas são invenções, que tudo é irreal, menos a epilepsia.

Estou te escrevendo com muita ressequidão nos tímpanos, um eco, um vapor, um abismo sonoro. Você lembra da noite que morreu Fidel? Você lembra da festa da *Muestra*? Essa noite algo se destruiu dentro de mim, algo me segurou forte pelo braço e me botou contra o chão e me levou até o banheiro de uma escola e me fez pensar num estupro comum, massivo, coletivo. Eu nunca falei que era boa, a gente era muito ruim, cafoníssimas, putíssimas, éramos pura tendência num país atrasado, atrasado no tempo, no mundo, nos sonhos dos seus próprios habitantes.

Nossos clones desconhecem que são clones. Nós, clones, não o aceitávamos, olhávamos com superioridade a vida das pessoas numa cidade clonada, elas são nossas substitutas. Os furões mais velhos sabem que são furões. Nos meus ouvidos, o som de um animal agonizando. Esse animal sou eu, esse animal é minha mãe convulsionando, esse animal é tua língua no meu ouvido apagando minha dor, apagando minha dor a tempo. Te contarei sobre a minha felicidade. Te contarei sobre a minha dieta francesa. Te contarei sobre a minha poupança e sobre os planos para ir a um *all inclusive*. Saí totalmente impune. Nem uma ficha criminal foi aberta. Estive enfiada em algo maior do que meu instinto criminal e infantil. Estive enfiada na merda, e o pior é que eu não defendia nem uma boa causa que fosse, eu não era como a puta respeitosa, uma personagem com uma moral aparentemente estragada mas com bom coração.

Nunca pensei em te escrever esta carta, nunca pensei em te contar essas vinhetas costumbristas e falsas. Ria de mim, ria até as entranhas e me jure que você não vai responder. Tenho *Elephant family* e uma peça sobre a carreira e a vocação política da minha mãe. Acho que te desconheço cada vez mais nessas músicas. Você vai vir?

Dormir abraçada a ti e chorar. Caminhar juntas e cumprimentar desconhecidos. Deixar que uns veados delinquentes do Humboldt roubem nossos celulares. Viver essa vida furônica, vivê-la confortavelmente, com uma ideia de felicidade morna. Te contarei que escuto o *track* 7 vergonhosamente, escrevo um romance subversivo sobre nossa história juntas.

Ria até mijar, ria até mijar e me prometa que não vai se repetir tudo: que nossos clones não tenham que suportar tantos engasgos, colchões semiafundados, lobos ferozes, baba preta. Eu não sei se minha mãe vai sobreviver a outra convulsão, se toda essa grande mentira que estou te contando realmente aconteceu, dá na mesma a verdade quando um furão construiu uma verdade que não é da vida.

Tudo permanece imutável. Minha rebeldia no corpo de um amigo da escola que se matou. Meu amigo se jogou contra um ônibus e não conseguiram reconstruir seu corpo. Meu amigo a quem um tanque de água de cimento lhe arrebentou a cabeça. Meu amigo foi assassinado e enfiado num caminhão pipa. Meu amigo foi estuprado e cortado em pedaços. Meu amigo foi um cão de rinha. Meu amigo foi resíduo biológico no lixão da cidade que fica no centro da cidade. Meu amigo furou a aorta. Meu amigo era uma mulher.

Solta um jatinho de urina, solta-o como minha mãe, você pela felicidade, ela pela sua morte instantânea. Solto um jatinho de urina imaginando que sou eu quem carrega o filho da Jara no ventre. Com esta urina me despeço de ti, que você deve ter esquecido de tudo aquilo chorado e amado.

Hoje parece que tudo pode estar bem, que, apesar de tudo o que há de ruim, pode ser um grande dia. Hoje no Coppelia tem sorvete de flocos.

De quem te ama, Mary.

Impresso
na primavera
de 2024 para a
editora Diadorim
em fonte
Bookman